Jacqueline Woodson
Jemand wie du

D1934352

Dieser Band ist auf 100 % Recyclingpapier gedruckt. Bei der Herstellung des Papiers wird keine Chlorbleiche verwendet.

Die Autorin:

Jacqueline Woodson wurde 1963 in Columbus, Ohio, geboren und wuchs in South Carolina und New York City auf. Nach ihrem Englischstudium arbeitete sie als Therapeutin für obdachlose Kinder und Jugendliche. Heute lebt sie vom Schreiben – neben Büchern für Jugendliche verfasst sie auch Erwachsenenromane.

Jacqueline Woodson

Jemand wie du

Aus dem Amerikanischen
von Sophie von Lenthe

Deutscher Taschenbuch Verlag

Titel der amerikanischen Originalausgabe: ›The Dear One‹, 1991 erschienen bei Delacorte Press, Dell Publishing, a division of Bantam Doubleday Dell Publishing Group, Inc., New York

Ungekürzte Ausgabe
In neuer Rechtschreibung, Stand 1996
August 1998
Deutscher Taschenbuch Verlag GmbH & Co. KG, München
© 1991 Jacqueline Woodson
© für die deutschsprachige Ausgabe:
1992 KeRLE im Verlag Herder Freiburg, Wien
ISBN 3-451-22892-0
Umschlaggestaltung: Jorge Schmidt und Tabea Dietrich
Umschlagbild: Sabine Lochmann
Gesetzt aus der Stempel Garamond 11/12½
Gesamtherstellung: Ebner Ulm
Printed in Germany · ISBN 3-423-78115-7

Für meine Familie
und meine »kleine Schwester«

Die Autorin möchte der MacDowell Colony dafür danken, dass sie geholfen hat dieses Buch zu ermöglichen. Besonderen Dank auch an Teresa Calabrese, Wendy Lamb, Susan Scarfe, Thulani Davis, Hilary Sio, Stephanie Grant und das Park Slope Writers' Collective für ihre Unterstützung, ihren Humor und vor allem für ihre Geduld.

Eines habe ich von Rebecca gelernt: Wenn Leute über Fünfzehnjährige reden, die schwanger sind, dann erwähnen sie mit keiner Silbe den verlorenen Ausdruck in den Augen dieser Mädchen. Rebecca hat gesagt, dass diese Leute, die reden und Bücher schreiben und Zeitungsartikel, keine Ahnung davon haben, was wirklich Sache ist. Sie wissen nicht, dass die Mädchen sich oft noch nicht mal ganz ausziehen, wenn sie es tun. Sie wissen nicht, dass die Romantik blitzschnell zum Fenster hinaus ist und dass die Jungen und Mädchen, die es tun, manchmal so sehr damit beschäftigt sind, zu lauschen, ob niemand die Treppe hochkommt, dass sie im Grunde gar nicht richtig mitkriegen, was da gerade passiert im Schlafzimmer oder in der Ecke in der Küche oder auf dem Klo – wo immer sie sind, wenn sie es tun.

Das hat mir Rebecca erzählt. Im selben Atemzug hat sie mir erklärt, dass sie es nicht abwarten konnte, es mit Danny zu tun, gegen eine Mauer gelehnt, dass sie seine Nähe liebte, dass sie es liebte, von ihm geliebt zu werden. Sie hat gesagt, da ist irgendwas an dem Gefühl, was man nicht erklären kann, zumindest nicht einer Zwölfjährigen. Wie kann jemand, der Rebecca nie kennen gelernt hat, wissen, wie es ist, wenn du fünfzehn bist und dein Rücken ist gegen eine kalte Wand gepresst und du lauschst ... und lauschst und hoffst, dass dich niemand in einer derart peinlichen Lage erwischt? Rebecca hat gesagt, manchmal hat man solche Angst. Aber sie hat nie ein Wort gefunden, das beschreiben würde, wie beängstigend es wirklich ist.

Meine Großmutter hat mir einmal erklärt, dass nur eine einzige, winzig kleine Sache passieren muss und dann – bumm! – ist dein Leben für immer verändert. Das ist es, woran ich mich jetzt zu erinnern versuche – die winzig kleine Sache. Die Sache, die vielleicht mit Rebecca passiert ist, bevor sie zu uns kam; die Sache, die mit mir passiert ist in der Zeit, in der sie hier war. Denn als sie uns verließ, waren wir andere Menschen geworden, jeder von uns – sie, ich, Mama, sogar Marion.

Großmama hat gesagt, wenn ich mich jemals an irgendwas aus der Vergangenheit erinnern will, dann muss ich so weit zurückgehen, wie ich kann, und so tief hinunterlangen, wie ich kann, auch wenn all das Hinunterlangen und Sich-Erinnern manchmal wehtut. Sie hat gesagt, erst wenn ich alles heraufgeholt habe, kann ich das Ganze verstehen. Großmama hat gesagt, wenn ich Dinge auf diese Art festhalte, kann ich sie meinen Kindern weitergeben und die werden davon dann stärker werden.

1

An dem Tag, an dem ich zwölf wurde, war der Himmel von zartestem Rosa. Ich saß auf meiner Fensterbank und beobachtete blaue Eichelhäher und Kardinale, die vorbeiflatterten. Ihre Flügel hoben sich schwarz gegen das bisschen Licht am Himmel ab, schwarz gegen die kahlen Bäume, die die Straße hinauf und hinunter ihre Skelettarme hochreckten, schwarz gegen die hellen Flecken des Februarschnees.

»Warum musstest du auch im Winter zur Welt kommen?«, fragte meine Freundin Caesar letzte Woche in der Mittagspause. »Winter sind einfach zu kalt und zu still – das ist keine gute Zeit um zur Welt zu kommen.«

Ich sah Caesar lange an und dachte an ein Wort, das wir am Tag zuvor in der Schule gelernt hatten. *Profund.*

»Das ist eine profunde Frage, Caesar«, sagte ich. Mir gefiel die Art, wie der Satz von meiner Zunge rollte. Caesar kicherte. Sie fängt leicht an zu kichern. »Aber du hast Recht«, sagte ich in ihr Lachen hinein. »Der Winter ist so eine tote Jahreszeit.«

Und nun saß ich auf der Fensterbank, dachte über ihre Frage nach und rechnete zurück. Wenn ich ein Februarkind war, dann hatten Mama und Dad es im Mai oder Juni getan. Vielleicht hat Mama in einem dieser Monate festgestellt, dass sie schwanger war.

Vielleicht hatten sie und Daddy noch nicht angefangen sich dauernd zu streiten. Wenn der Arzt ihr die Neuigkeit kurz vor dem Wochenende verkündet hat, hat sie vielleicht das gute Silber und das Porzellangeschirr hervorgeholt, zwei Kerzen auf dem Esszimmertisch angezündet und für Dad Fettuccine mit Brokkoli in Tomatensoße gemacht. Vielleicht haben sie sich über den Tisch hinweg an den Händen gehalten, als sie es ihm gesagt hat, und vielleicht ist er auf ihre Seite des Tisches herübergekommen und hat sie lange und fest an sich gedrückt, als er erfahren hat, dass er Vater wird. Vielleicht hat er so gelacht, dass ihm Tränen in die Augen gestiegen sind.

Clair rief um sechs Uhr morgens an. Zuerst dachte ich, es wäre Caesar, die anrief um mir zu sagen, dass sie wegen des Schnees nicht zur Schule kommen würde. Aber dann hörte ich Mama sanft und außer Atem sagen: »Oh, Clair, du bist es. Es ist schon so lange her.« Nach einer Pause fügte sie hinzu: »Zu lange.«

Draußen hatte der Schnee eine dünne weiße Schicht auf den Bäumen hinterlassen und ich wusste, dass der Tag kalt und sonnig werden würde. Ich ging auf Zehenspitzen zum obersten Treppenabsatz, versteckte mich hinter dem Geländer und lauschte.

»Aber was ist mit dem Vater?«, hörte ich

Mama sagen. Dann herrschte Stille. »Na ja«, sagte Mama nach einer langen Pause. »Das täte ich wirklich gern, Clair. Ich fände es sehr schön, Rebecca hier zu haben. Aber was ist mit Feni?«

Was soll sein mit mir, hätte ich gern gerufen.

»Wir müssen sehen, wie sich das machen lässt, Clair«, sagte Mama. »Wann ist ihr Termin?«

Wieder Stille. Ich hatte mich in der Dunkelheit niedergekauert und meine Kniekehlen begannen zu schmerzen.

»Auf jeden Fall ist es schön, dass du mich fragst. Und du hast Recht, ich glaube, es wäre wirklich gut für Feni. Pass auf, ich werde gegen fünf zu Hause sein. Dann rede ich mit ihr«, sagte Mama. Sie klang müde. »Jetzt muss ich zu einem Meeting und dann zur Arbeit.« Mama lachte ein kleines, nervöses Lachen. »Ich habe aufgehört zu trinken, weißt du ... Ja, es ist hart, aber ich schaffe es. Immer einen Tag nach dem anderen, jeden Morgen neu«, sagte sie. »Mir tut es auch gut, deine Stimme zu hören, Clair ...«

Mama und Clair unterhielten sich noch ein paar Minuten lang. Als sie auflegte, lehnte ich mich rückwärts gegen die Wand und zog die Knie bis zum Kinn hoch. Irgendjemand kam um hier bei uns zu wohnen. Ich saß an die Wand gelehnt und fragte mich, wer dieser Jemand wohl war.

Ich hörte Mama wählen und beugte mich erneut zum Treppengeländer vor.

»Marion«, sagte sie. »Ich nehme an, Clair hat dich auch angerufen.« Sie seufzte. »Na, ich werde heute Abend mit ihr drüber sprechen. Kommst du zum Abendessen? ... Gut! Dann können wir alle reden. Acht Uhr ist in Ordnung. Bis dann.«

Als ich hörte, dass Mama in Richtung Küche ging, schlich ich auf Zehenspitzen zurück in mein Zimmer und schlüpfte unter die Steppdecke. Sie ist blau mit rosa Rosen. Mein Vater hat sie mir aus Colorado geschickt, wo er jetzt mit seiner neuen Frau und seiner kleinen Tochter lebt.

Er ist vor drei Jahren fortgegangen, als ich neun war. Damals habe ich jeden Tag an ihn gedacht. Manchmal kam ich nach Hause und stellte mir vor, er würde in seinem Lieblingssessel sitzen, dem braunen Lederlehnstuhl im Wohnzimmer am Kamin, Zeitung lesen und Pfeife rauchen. Ich hoffte, sobald ich die Tür öffnete, würde mir der kirschsüße Geruch seines Tabaks in Nase und Mund steigen und Daddy würde sagen: »Lass mal sehen, mit was die Roper Academy euch heutzutage nach Hause schickt.« Ich sah mich zu ihm hinübergehen, immer noch im Mantel, sah, wie ich ihm die Hausaufgaben vom Tag zuvor zeigte oder die Klassenarbeit, die wir an diesem Tag geschrieben hatten. Und er würde meinen Arm tätscheln oder mich flüchtig umarmen und sagen: »Du bist das klügste Mädchen in der ganzen Schule, stimmt's? Das muss aus *meiner* Familie kommen.« Dann würde er vielleicht lachen, mir mit seinem stoppligen Fünf-Uhr-nachmittags-Bart einen Kuss auf die Wange kratzen, das Schachbrett aufstellen und mir zeigen, wie man Blitzschach spielt und den König des Gegners in sechs Zügen oder noch weniger matt setzt.

Aber wenn ich jetzt am Ende des Tages nach Hause komme, riecht es im Haus nach gar nichts, außer vielleicht ein bisschen nach dem Essen vom Abend vorher oder nach Marions Zigaretten.

Letzten August habe ich Dad und seine neue Frau Joanne besucht. Joanne ist ungefähr einen halben Meter kleiner als er und so rund wie ein Truthahn an Thanksgiving. Sie knabberte ständig an irgendwas rum oder ließ sich zu einer Mahlzeit mit drei Gängen nieder – sie behauptete immer, dass das Baby, mit dem sie im dritten Monat schwanger war, sie dazu brächte, so viel zu essen. Sie hatte aufgehört zu arbeiten, nachdem sie und Dad geheiratet hatten.

Einmal sagte sie: »Ich wollte schon immer entspannt leben und schwanger sein.« Dann lachte sie und zwinkerte mir zu, als ob wir ein Geheimnis miteinander hätten. Daddy tanzte um sie rum und half ihr von einem Stuhl auf den nächsten oder vom Schlafzimmer ins Bad, als wäre sie behindert. Sie gingen Händchen haltend durch die Straßen. Daddy, der sein Hemd offen trug und sein lockiges schwarzes Brusthaar sehen ließ, spreizte sich wie ein stolzer Pfau.

Ich blieb zwei Wochen. Und obwohl Daddy und ich Schach spielten, von langem Schweigen erfüllte Spaziergänge durch Denver unternahmen, uns zur Begrüßung und zum Abschied küssten, war der Geruch seiner Pfeife das Einzige, das mir noch vertraut war an ihm. Wir redeten um die Dinge herum, wie es Fremde tun.

Jetzt, in meinem Bett, legte ich die Hände hinter meinen Kopf und starrte an die Decke. Was für einen Grund konnte Clair haben, morgens um sechs Uhr hier anzurufen?

Als Mama mich später wieder aufweckte, hatte ich den Anruf fast vergessen.

»Herzlichen Glückwunsch, Baby.«

Mama saß am Fußende meines Bettes. Auf ihrem Schoß hielt sie eine Schachtel, um die eine gelbe Schleife geschlungen war. Darauf stand eine kleinere Schachtel mit einer grünen Schleife. Mama lächelte. Sonnenlicht strömte durch einen Spalt im Vorhang und legte sich auf ihr Gesicht. Ihre Haut ist dunkelbraun und überall glatt – nur über ihre Stirn kriechen ein paar Falten. Ihre Augen sind so dunkel, dass sie hinter den Wimpern schwarz aussehen. In der Mitte ihrer Unterlippe ist ein kleiner rosa Fleck. Sie behauptet, der Fleck käme vom Wodka. Jedes Mal, wenn sie ihn sieht, sagt sie sich: *Ich brauche heute keinen Drink.* Mama hat aufgehört zu trinken, gleich nachdem Daddy weggegangen ist, und sie sagt, der Fleck hilft ihr dabei, immer einen Tag nach dem anderen zu schaffen.

»Herzlichen Glückwunsch«, sagte sie jetzt

noch einmal und beugte sich herüber um mich zu umarmen. Sie roch nach Sandelholzseife.

Ich öffnete die kleine Schachtel zuerst und fand darin ein flaches Viereck aus Silber. Ich presste meine Fingernägel in den schmalen Spalt an der Seite und öffnete es. Aufgeklappt wurde es zu einem gerahmten Foto von Großmama. Auf dem Bild war sie ungefähr in dem Alter, in dem ich jetzt war. Ihre Augen sahen mich direkt an und sie lächelten. Ich schluckte. Sie hielt einen kleinen Hund im Arm. Der Hund schaute sie an. Ich drückte das Bild an mich. »Woher hast du das?«

»Es war zusammen mit einer Menge anderer Fotos in der Mansarde. Ich habe es schon vor einer ganzen Weile gefunden und wusste, dass es genau das Richtige für dich ist. Gefällt es dir?«

Ich nickte und betrachtete das Bild noch einmal. Großmama blickte mich immer noch an.

»Mach das da auf«, sagte Mama. »Happy birthday to you«, sang sie und ihre Stimme war sanft und klar. »Happy birthday to you. Happy birthday, dear Afeni . . .«

Es mussten ungefähr hundert Bögen zerknülltes Seidenpapier sein, die in der zweiten Schachtel steckten. Am Boden befand sich eine kleinere Schachtel, die die Farbe von Zement hatte. Ich öffnete sie langsam. Innen drin war ein kleiner Berg aus Zinn mit einem Amethystmond auf dem Gipfel. Ich berührte den Stein. An einigen Stellen war er von einem dunklen

Purpur, an anderen beinahe durchsichtig. »Das ist wunderschön, Mama . . .«, sagte ich und hielt den Stein hoch gegen das Fenster. Purpurrote Lichtstrahlen schossen durch ihn hindurch auf meine Hand. »Wunderschön.«

Mama umarmte mich noch einmal, bevor sie sich erhob. Einen Augenblick lang sahen wir einander an. Ihre Augen waren stolz. »Steh jetzt auf, Geburtstagskind. Ich werd dich zur Schule fahren müssen, bevor ich zur Arbeit gehe.«

Als ich aus der Dusche kam, klingelte das Telefon wieder. Diesmal wusste ich, wer es war.

»Zum Geburtstag viel Glück«, sang Daddy über die Entfernung. Seine Worte wurden durch Störgeräusche verzerrt.

»Hallo«, sagte ich.

»Hast du mein Geschenk bekommen?«

»Der Postbote war noch nicht da.«

»Du fehlst mir, Feni. Wann kommst du wieder nach Colorado?«

»Ich weiß nicht. Irgendwann . . . nehme ich an.«

»Hast du einen schönen Geburtstag?«

»Ja, danke.«

»Ich kann es gar nicht glauben, dass du heute dreizehn geworden bist.«

»Bin ich auch nicht. Ich bin zwölf.«

Er lachte nervös. »Natürlich bist du zwölf. Was denn sonst? Wie geht's deiner Mama?«

»Gut. Wie geht's deiner Joanne?«

»Ihr geht's auch gut. Hat deine Mama dir erzählt, dass du eine kleine Schwester bekommen hast? Sie heißt Charisse.«

»Ja.«

»Sie wird am achtzehnten einen Monat alt. Sie ist was ganz Besonderes!«

»Das ist schön.«

»Na, ich lass dich jetzt wohl mal besser deinen Geburtstag genießen. Iss ein Stück Kuchen für mich, Schatz. Du fehlst mir.«

»Wiedersehen, Daddy.«

Ich hielt den Hörer noch fest, nachdem wir uns verabschiedet hatten.

»Feni!«, rief Mama aus der Küche. »Ist das Bernard am Telefon?«

»Er war es.«

»Hat er schon aufgelegt?«

»Ja.«

»Meine Güte, das ging aber schnell. Na, dann komm runter, damit ich dich noch ein bisschen herrichten kann, bevor wir fahren.«

In der Küche schüttete ich Getreideflocken in eine gelbe Schale, auf der blaue Blumen tanzten, und nahm sie mit in Mamas Zimmer. Mama saß an ihrem Schreibtisch. Sie trug ein dunkelblaues Kostüm und hatte ihre Lesebrille aufgesetzt. Die Brille war modisch, hatte aber dicke Gläser. Manchmal trug sie Kontaktlinsen, aber meistens hatte sie keine Lust, sich mit ihnen rumzuschlagen. Sie hatte den Inhalt ihrer Aktentasche über den Schreibtisch ausgekippt. »Hey, Herzchen«, sagte sie und blickte nicht auf von einem Blatt Papier mit Zahlen.

Ich setzte mich auf die Kante des Lederstuhls, den sie sich zu ihrem fünfunddreißigsten Geburtstag gekauft hatte, vorsichtig, damit ich nichts von meinem Frühstück verschüttete. Mama und ihre beste Freundin Marion waren an genau dem gleichen Tag geboren worden – am 11. August 1953. Es machte Spaß, zwei Geburtstage gleichzeitig zu feiern, aber danach war ich immer ziemlich pleite. Marions Freundin, Bernadette, hatte dasselbe Problem.

»Wer hat heute Morgen so früh angerufen?«, fragte ich und schaufelte einen Löffel voll Getreideflocken in meinen Mund.

»Das war Clair. Du erinnerst dich doch an sie, oder? Eine Freundin von Marion und mir aus dem College.«

»Ja, ich weiß schon, wer sie ist. Aber warum hat sie angerufen?«

Mama schrieb einige Zahlen auf einen Zettel, kontrollierte sie mit dem Taschenrechner nach und schrieb etwas anderes hin. Sie runzelte die Stirn und schob ihre Brille hoch um sich die Augen zu reiben. Seit sechs Jahren ist sie Geschäftsführerin einer Werbeagentur und arbeitet sechzig bis siebzig Stunden die Woche.

»Ich erzähl's dir auf dem Weg zur Schule«, sagte Mama und blickte auf. »Willst du dieses Hemd nicht wenigstens bügeln, Feni? Schließlich ist heute dein Geburtstag.« An dem zerknitterten Hemd, das ich trug, fehlte unten ein Knopf. Der Kopf des Krokodils auf der Brusttasche war abgerissen.

»Nein.«

»Was ist denn mit dem schönen Wollkleid, das ich dir gekauft habe, dem mit den senffarbenen Streifen?«

»Ich will heute kein Kleid anziehen.«

Mama runzelte die Stirn, und die Falten, die sich auf ihrer Stirn zeigten, ließen sie älter aussehen als siebenunddreißig.

»Du musst anfangen dir ein bisschen mehr Gedanken über dein Aussehen zu machen«, sagte sie. »Du bist zu alt um dich so anzuziehen.«

Ich bückte mich um meine ausgetretenen Wanderstiefel zuzubinden. »Ich bin fertig«, sagte ich schnell und hielt ihr die Bürste hin. Sie schloss ihre Mappe und ich setzte mich auf den Boden und lehnte meinen Kopf an ihr Bein. Sie zog die Bürste ein paar Mal durch mein Haar, bevor sie es zu einem festen Zopf flocht, der mir den Rücken herabbaumelte. Aber als ich in den Spiegel sah, kräuselte sich mein Haar schon wieder über der Stirn.

»Kommst du nach der Schule gleich nach Hause?«, fragte Mama, folgte mir in die Diele und zog ihren Mantel an.

»Ja. Du hast gesagt, ich brauche heute nicht zu *Jack und Jill* zu gehen, weil ich Geburtstag habe.«

»Ich weiß, ich weiß.«

»Dieser Club geht mir so auf die Nerven, Mama. Die einzige nette Person dort ist Caesar.«

»Was passt dir denn an den anderen nicht?«

»Die Mädchen wollen immer nur über Jungen reden und die Jungen wollen die Mädchen ärgern. Und alle denken, sie wären was ganz Besonderes, bloß weil ihre Eltern gute Jobs haben.«

»Schwarze, die gute Jobs haben, sind was Besonderes. Die Kinder können ruhig stolz darauf sein, wer sie sind.«

»Tja, stolz sein ist eine Sache, aber durch und durch versnobt zu sein ist fürchterlich. Die sitzen rum und reden darüber, wie sie später die Welt regieren werden. Mir ist es ganz egal, welcher Make-up-Farbton zu meiner Haut passt oder welcher Studentenvereinigung ich beitreten werde, wenn ich aufs College gehe. Ich bin ja noch nicht mal in der Highschool!«

»Aber schwarze Kinder brauchen einen Ort, wo sie andere schwarze Kinder treffen können. Und *Jack und Jill* ist genau zu diesem Zweck gegründet worden.«

»Du meinst einen Ort um andere *reiche* schwarze Kinder zu treffen. Ich bin nicht so, Mama. Mir sind Designernamen und teure Ledertaschen völlig egal. Im Augenblick jedenfalls. Ich bin einfach nicht wie sie.«

Mama lächelte. »Das ist das, was ich an dir mag«, sagte sie und küsste mich auf die Stirn. »Möchtest du irgendwas Besonderes zum Abendessen?«

»Hähnchen.«

»Hätte ich mir denken können.« Mama lächelte immer noch.

Im Auto holte ich tief Luft und fragte: »Warum hat Clair so früh am Morgen angerufen?«

»Wegen ihrer Tochter. Ich weiß nicht, ob du dich an sie erinnerst. Rebecca heißt sie.«

Ich schüttelte den Kopf.

»Aber du erinnerst dich daran, wie ich dir vor ein paar Jahren von Clairs Nervenzusammenbruch erzählt habe . . .«

»Ja, daran erinnere ich mich.«

»Anscheinend hat Clair seitdem eine schlimme Zeit durchgemacht. Zuerst haben sie und ihr Mann sich getrennt. Dann hat sie ihre Stelle als Lehrerin verloren, weil sie so oft gefehlt hat, als es ihr nicht gut ging. Jetzt ist ihre älteste Tochter Rebecca offenbar schwanger und Clair möchte wissen, ob sie zu uns kommen und hier bleiben kann, bis das Baby da ist. Sie ist der Meinung, dass Rebecca eine ruhigere Umgebung braucht. All die anderen Kinder sind zu viel für sie.« Mama seufzte und runzelte die Stirn. »Es scheint, als ob sich die Geschichte wiederholt. Erst ist Clair schwanger geworden, bevor sie mit dem College fertig war. Und jetzt Rebecca . . .«

»Warum kann Rebecca nicht bci ihrem Mann bleiben?«

»Sie ist nicht verheiratet, Feni. Sie ist erst fünfzehn.«

»Fünfzehn? Mama, willst du mich auf den Arm nehmen oder was?«

Mama hielt vor der Roper Academy, aber ich rührte mich nicht von der Stelle. »Über eine Sache wie diese würde ich niemals Witze machen, Feni«, sagte sie fest.

Wir sahen einander einen Moment lang an. Ihre Augen hinter der Brille waren besorgt.

»Ich möchte kein schwangeres Mädchen in unserem Haus, Mama«, sagte ich und versuchte meine Stimme ruhig klingen zu lassen.

»Feni« – Mama streckte die Hand aus um mein Gesicht zu berühren, aber ich zuckte zurück – »spiel dich nicht zum Richter auf. Gib ihr eine Chance.«

»Ich will sie nicht bei uns haben, Mama!«

Mama legte die Hände in den Schoß. »Ich weiß auch nicht recht, ob ich Ja sagen werde. Ich habe das Gefühl, ich bin es Clair schuldig. Wir waren auf dem College so eng befreundet. Danach haben wir uns aus den Augen verloren. Ich hab mir geschworen, dass ich alles für sie tun würde. Daran möchte ich immer noch glauben.«

»Und was ist mit mir?« Ich schrie nicht, aber meine Stimme klang zu laut für den kleinen Wagen.

»Wir können heute Abend darüber reden. Aber ich glaube, es wäre schön, ein bisschen Gesellschaft im Haus zu haben. Es ist schon lange zu still bei uns. Wir haben so viel Platz und Bernadette könnte ihr Unterricht geben –«

»Warum reden wir überhaupt darüber? Ich hab gesagt, ich will kein schwangeres Mädchen in unserem Haus!«

»Und *ich* habe gesagt, wir werden später darüber sprechen. Dieses eine Mal geht es um mehr als um das, was du willst, Afeni! Wenn du nicht verstehen kannst, was es bedeutet, jemandem sehr nahe zu stehen und ihm helfen zu wollen, wenn er darum bittet, dann musst du noch ziemlich viel lernen. Du kennst Rebecca nicht mal, wie kannst du also wissen, ob du sie in unserm Haus haben willst oder nicht?«

»Wer wird sich um sie kümmern?«, fragte ich. »Du? Du arbeitest die ganze Zeit und mit Marion ist es auch nicht viel besser. Ich weiß, es wird alles an mir hängen bleiben. *Ich* werde zu Hause bleiben müssen um hinter ihr herzuräumen. Und ich weiß, sie wird schließlich in *meinem* Zimmer landen, weil ich ganz bestimmt niemanden in Großmamas Zimmer wohnen lasse und weil du sagen wirst, dass es im Gästezimmer zu sehr zieht. Also werde *ich* diejenige sein, die sich anhören muss, wie sie sich nachts in den Schlaf weint, weil sie ihre Mami vermisst. Du nicht, Mama! Also erzähl mir nicht, dass es *unsere* Entscheidung ist, das stimmt nämlich nicht. Mir ist es ganz egal, wie eng du und Clair auf dem College befreundet wart. Unser Haus ist kein Heim für schwangere Mädchen. Das hier ist auch mein Leben und *ich* werde entscheiden, wer darin einen Platz haben soll und wer nicht.«

»Sieh mal, Feni«, sagte Mama, »du bist heute zwölf Jahre alt geworden, nicht dreißig. Wenn du alt genug bist um für mich zu sorgen, dann kannst du mir sagen, was ich tun soll.«

»Hab ich etwa noch nie für dich sorgen müssen?«, fragte ich und warf einen viel sagenden Blick in ihre Richtung.

Mama schluckte und umklammerte das Lenkrad mit beiden Händen. Bevor die Worte heraus waren, bereute ich sie schon. »Es tut mir Leid. Ich will's dir doch gar nicht ständig unter die Nase reiben«, flüsterte ich.

»Du hast es schon getan, Feni. Schon wieder.«

Ich packte meine Bücher und sah sie ein letztes Mal an, bevor ich aus dem Wagen stieg. »Entschuldige«, murmelte ich.

»Hab einen schönen Geburtstag heute«, sagte sie und blickte starr geradeaus, als ich mich umdrehte um die Tür zuzuschlagen.

2

Die Roper Academy wurde von Quäkern gegründet und ist eine Privatschule, aber keine von den aufgeblasenen. Wir müssen keine Uniformen tragen und auch nicht die Lebensgeschichte irgendeines Gründers auswendig lernen. Und weil die Schule mitten in der Stadt liegt, haben wir auch Kontakt zu Schülern von anderen Schulen. Die Roper Academy fängt im Kindergartenalter an und geht bis zur zwölften Klasse. Deshalb müssten wir eigentlich alle dickste Freunde sein, wenn wir unseren Abschluss machen. Caesar ist meine einzige Freundin.

In der warmen, überfüllten Eingangshalle ballten sich die Schüler zusammen wie Klumpen im Haferschleim. Die meisten trugen Wolle und Flanell, in leuchtendem Grün und Blau oder in Goldtönen. Jede Kombination sah so aus, als hätte es ein Leben lang gedauert, sie zusammenzustellen.

Ich lehnte an der Wand, wartete auf Caesar und beobachtete Kids, die ihre Gummistiefel in die leuchtend roten Schließfächer stopften und schicke Lederschuhe anzogen. Die Mädchen kicherten in einer Tour. Die Jungen, die vorbeigingen, reckten beim Gehen die Schultern nach hinten und hielten die Augen halb geschlossen.

Einige, die ich kannte, schrien »Hallo, Feni« zu mir herüber und wünschten mir alles Gute zum Geburtstag. Ein paar sahen mich an und lächelten. Ich lächelte zurück und versuchte, nicht allzu einladend auszusehen.

»Du denkst zu viel«, sagt Bernadette manchmal zu mir. »Was das betrifft, bist du wie ich«, fügt sie hinzu und lächelt. In der fünften und sechsten Klasse ist sie meine Lehrerin gewesen. Sie und Marion sind schon lange zusammen. Inzwischen sind sie für mich wie Tanten. Manchmal starren Bernadette und ich einander lange Zeit an ohne etwas zu sagen. Und wenn Mama und Marion fragen, warum wir so starren, dann grinst Bernadette und sagt: »Irgendwo innen drin sind wir ein und dieselbe Person. Wir haben Seelen, die so bescheiden, geheimnisvoll und still wie Nonnen sind.«

Beim Läuten der ersten Glocke stoben die Gruppen auseinander wie Vogelschwärme und verschwanden hinter den schweren, dunklen Holztüren, die zu den Klassenzimmern führten. Ich blieb vor meinem Schließfach stehen und nahm das Bild von Großmama heraus. Sie sah zu mir hoch und lächelte.

»Afeni«, rief Caesar. Sie stand an der Tür zum Klassenzimmer. »Ich hab drinnen auf dich gewartet.«

»Wir wollten uns doch bei den Schließfächern treffen«, brüllte ich quer durch die Halle, gerade als es zum zweiten Mal läutete.

Caesar verdrehte die Augen. »Geburtstagskniff«, flüsterte sie und zwickte mich in den Arm, als ich an ihr vorbeiglitt.

»Muss dir was erzählen. Du wirst sterben!«, sagte ich.

»Was?«, flüsterte Caesar. »Erzähl's mir jetzt.«

»Später«, formte ich mit den Lippen und setzte mich auf meinen Platz.

Während des Unterrichts schob mir Caesar ein Stück Papier zu, auf dem stand: *Herzlichen Glückwunsch, Feni. Schreib mir einen Zettel und erzähl mir, was los ist.* In das Papier war ein Streifen Kaugummi eingewickelt.

Ich nahm den Kaugummi heraus und schrieb ganz unten auf den Zettel: *Später. Es ist zu viel, ich kann es nicht auf einem einzigen Zettel unterbringen. Danke für den Kaugummi.*

Als Caesar die Nachricht gelesen hatte, drehte sie sich um, zog die Augenbrauen hoch und rieb sich die Hände.

»Schlagt Seite einundfünfzig in ›Unsere Welt‹ auf«, sagte Ms. Temple, unsere Geschichtslehrerin. Bücher wurden auf die Tische geknallt, Seiten geräuschvoll umgeblättert. Auf Seite einundfünfzig überreichte ein Siedler einem Indianer einen Truthahn. Sie lächelten einander an. Das Bild war mit Wasserfarben gemalt und der Indianer hatte sanfte, traurige Augen.

Als Ms. Temple laut vorzulesen begann, drehte sich Caesar zu mir um und verzog das Gesicht. Wir wussten beide, dass die Siedler den Indianern Decken mit Pockenerregern gegeben hatten, und natürlich wussten wir auch, dass man die Ureinwohner Amerikas eigentlich nicht Indianer nennen soll. Caesar ist halb indianisch und halb schwarz. Ms. Temple las und wir hörten nicht zu. In Geschichte hatten wir die Fähigkeit entwickelt, uns das, was Ms. Temple sagte, nur bis zum nächsten Test zu merken. Danach verschwand es sofort wieder aus unserem Gedächtnis.

Ich kritzelte am Rand meines Notizheftes herum und malte Decken mit kleinen Punkten drauf und sterbende Indianer. Mein Magen hob sich, als mir einfiel, dass Rebecca zu uns kommen würde.

Der Wind pfiff hinter den Fenstern. Ms. Temple sagte: »Beantwortet schriftlich die Fragen am Ende des Kapitels. Ich werde eure Antworten einsammeln und als Test bewerten.« Die Klasse stöhnte. Vor mir wurde ein Zettel weitergereicht. Jemand kicherte und Ms. Temple sah auf. Kurz nachdem ich die Fragen beantwortet hatte, läutete die Glocke.

»Es kommt jemand um bei uns zu wohnen«, sagte ich nach dem Unterricht zu Caesar. Wir standen vor meinem Schließfach und sahen zu, wie sich die Halle wieder mit Schülern füllte.

»Wer?«, fragte Caesar aufgeregt. Ihr Haar war ebenso wie meines aus dem Gesicht gekämmt. Es war schwarz und hatte vorne eine blau gefärbte, glitzernde Strähne.

»Kaum zu glauben, dass dir deine Mutter erlaubt dir dieses Zeug in die Haare zu schmieren«, sagte ich und griff nach der blauen Stelle.

»Tut sie auch nicht. Ich hab's heute Morgen im Mädchenklo gemacht. Ich wasch's raus, bevor ich nach Hause fahre.«

»Es sieht cool aus.«

»Wer kommt?«, fragte Caesar noch einmal.

»Ich weiß nicht«, sagte ich. »Ein Mädchen. Sie heißt Rebecca.«

Plötzlich hatte ich Rebeccas Gesicht deutlich vor Augen. Vor langer Zeit, als wir in einem Apartment lebten und auf unser Haus warteten, das gerade gebaut wurde, besuchten uns Clair und ihre Kinder. Die Kinder tobten durch die Zimmer, warfen alles um, machten meine Spielsachen kaputt. Die Älteste war Rebecca. Sie hatte boshafte graue Augen und schrie die kleineren Kinder an. Eine Zeit lang gehorchten sie ihr und waren leiser, dann tobten sie weiter durch die Wohnung. Rebecca sah fern. Sie fragte mich, ob im Fernsehen alte Spielfilme kämen. Ich war damals sieben und sah mir keine alten Spielfilme an. Rebecca schaute in unseren Kühlschrank, als sie glaubte, niemand würde sie beobachten. Sie fasste unsere Sachen an und runzelte die Stirn.

Das alles erzählte ich Caesar und ihre Augen öffneten sich weit.

»Warum kommt sie?«, fragte Caesar.

Ich zuckte mit den Schultern. Aus irgendeinem Grund wollte ich das lieber noch eine Zeit lang für mich behalten. »Ich, Mama und Marion wollen heute Abend darüber sprechen. Vielleicht kannst du später rüberkommen. Von wegen Geburtstagskuchen und so.«

Noch bevor sie verneinend den Kopf schütteln konnte, wusste ich, wie ihre Antwort ausfallen würde. »Ich kann nicht«, sagte sie. Dann sah sie mich an. »Es tut mir Leid.«

»Ist schon okay«, sagte ich und fühlte, wie sich mein Magen zusammenzog. »Aber sie trinkt nicht mehr.«

Caesar nickte. »Ich weiß. Es ist trotzdem irgendwie schwierig.«

Vor langer Zeit hatte Mama, als sie betrunken gewesen war, einige nicht gerade nette Dinge zu Caesar gesagt und Caesar hatte das Haus verlassen. Seitdem war sie nie wieder bei uns gewesen.

»Sie trinkt schon lange nicht mehr.«

»Das ist gut. Ich bin wirklich froh, dass sie aufgehört hat.«

»Wirst du irgendwann in nächster Zeit mal wieder zu uns kommen?«, fragte ich und fummelte an meinem Notizheft herum, damit ich nicht sehen müsste, wie sie den Kopf schüttelte.

Caesar streckte die Hand aus und berührte meine Schulter. »Ja, ist gut«, sagte sie.

Als ich aufsah, lächelte sie.

Wir hielten uns an den Händen und liefen durch die Halle. An der Treppe gingen wir in verschiedene Richtungen.

Als sie schon halb oben war, blieb Caesar stehen. »Kommst du heute zu *Jack und Jill*?«

»Caesar, ich hasse *Jack und Jill*.«

»Ich weiß, aber sie haben wahrscheinlich eine Party für dich vorbereitet.«

»Weißt du, was ich noch mehr hasse als *Jack*

und Jill?«, fragte ich. »Etwas, das Arroganz hoch drei ist?«

»Eine *Jack-und-Jill*-Party.« Caesar lachte und verschwand in ihrem Klassenzimmer.

Im Studienraum, es ist in Wirklichkeit ein riesiger Saal, sollen wir eigentlich sitzen und lesen. Aber ich konnte nicht aufhören über Rebecca nachzudenken. Ich konnte nicht aufhören mich zu fragen, wie sie schwanger geworden war.

Ich nahm den Silberrahmen heraus und sah Großmama an. Ihre Augen folgten mir. Auch sie wollten mehr über Rebecca wissen. Sie wollten wissen, warum.

3

Marion war fünf Jahre lang Staatsanwältin gewesen. Eines Tages ging sie zur Arbeit und kündigte und am nächsten Tag hörte sie auf zu trinken. Eine Woche später bekam sie eine Stelle als Pflichtverteidigerin und verteidigte Leute, die es sich nicht leisten konnten, einen normalen Rechtsanwalt zu nehmen. In der Nacht, als sie ihren ersten Fall gewann, feierten wir eine Riesenparty.

Marion traf abends um acht zu meinem Geburtstagsessen ein. Sie hatte Jeans und einen Pullover an. Als ich herunterkam, hielt sie mich ein Stückchen von sich weg, drehte mich von einer Seite zur anderen und schüttelte den Kopf. »Ich hab dich schon gekannt, als du noch nicht mehr als eine Idee warst«, sagte sie und nahm das Geschenk für mich aus ihrer Tasche. »Los, mach es auf«, sagte sie. »Es ist von mir und Bernadette.«

»Wo ist Bernadette überhaupt?«, fragte ich und riss das Päckchen auf.

»Sie hat heute Abend ihre Selbsthilfegruppe. Für schwule und lesbische Lehrer. Sie reden darüber, wie schwierig es ist, in so einer durch und durch ›normalen‹ Umgebung zu unterrichten. Es tut ihr gut.«

»Warum gehst du nicht in eine Selbsthilfegruppe für schwule und lesbische Anwälte?«, fragte ich.

»Weil alle meine Kolleginnen sowieso lesbisch sind!« Marion lachte.

Marion und Bernadette sind seit acht Jahren zusammen. Sie haben sich bei einer Frauenkonferenz in New York kennen gelernt. Zwei Jahre später zog Bernadette hierher und sie kauften sich zusammen ein Haus, das nur drei Kilometer weit weg von uns ist. Bei den beiden ist es anscheinend wie im Märchen. *Sie lebten glücklich und zufrieden bis an ihr Lebensende* oder so.

Marion ist die einzige Tochter einer weißen Mutter und eines schwarzen Vaters. Sie könnte eine Weiße sein, aber sie sagt, sie ist keine. Ihre Haut ist sandfarben und in ihren grauen Augen sind goldene Flecken.

»Gefällt's dir, Feni?«

Ich starrte auf den grünen Wollbolero und den Minirock mit schwarzen Streifen, den Marion für mich gekauft hatte. Ganz unten lagen sorgfältig zusammengefaltet schwarze Leggings.

»Es ist absolut super. Ich werd's morgen gleich anziehen.« Ich küsste sie auf die Wange.

»Ich wollte dir eigentlich noch ein paar Schuhe dazu besorgen, aber ich wusste nicht, welche Größe du hast.« Marion saß auf dem Sofa, zog sich einen Aschenbecher quer über den Tisch und zündete sich eine Zigarette an. »Du wächst so schnell«, sagte sie und ließ den Rauch aus ihrem Mund strömen. »Da fühle ich mich so alt.«

Mama kam aus der Küche und trug eine Schüssel mit Huhn in weißer Soße. Sie experimentierte in letzter Zeit öfter mit französischen Gerichten herum.

»Feni, das ist großartig! Marion, du hättest aber nicht ...«

»Hätte sie doch«, unterbrach ich sie. »Es ist schließlich mein Geburtstag!«

»Du hast Recht, Feni«, sagte Marion. »Geburtstage sind dazu da, gefeiert zu werden!«

Marion sah mich an. »Los, probier es an«, meinte sie und ich verschwand in Mamas Arbeitszimmer. »Lass die Schildchen dran, solange wir nicht wissen, ob es passt. Diese Läden machen's einem so schwer, wenn man die Etiketten abgemacht hat.«

»Du hast Recht«, sagte Mama. »Pass auf, dass nichts drankommt, Feni!«

»Weißt du, was Clair heute zu mir gesagt hat?«, hörte ich Marion Mama fragen. »Sie behauptet zwar selbst, es ginge ihr jetzt schon wieder viel besser, aber ich glaube, diese Frau ist immer noch nicht ganz bei Verstand. Manchmal weiß ich gar nicht mehr, was ich über sie denken soll.«

»Was hat sie denn gesagt?«

Ich kam aus dem Arbeitszimmer und zog die Jacke an.

»Schau sie dir an!«, sagte Marion und drückte ihre Zigarette aus. »Sieht sie nicht toll aus, Catherine? Dreh dich, Feni, damit wir es von allen Seiten sehen können.«

Ich drehte mich langsam und kam mir hübsch

vor, als der Rock über den schwarzen Leggins wippte.

Mama lächelte. »Perfekt! Einfach perfekt!« Sie nahm ihren Fotoapparat. »Stell dich neben Marion, Feni . . . und lächle.«

Mama machte noch vier Fotos, bevor sie mich die Sachen wieder ausziehen ließ.

»Komm, setz dich an den Tisch, Marion. Und du beeil dich und zieh dich um, Feni, sonst wird das Essen kalt.«

»Jetzt«, sagte Marion, als ich zurück ins Esszimmer kam, »zu Clair und Rebecca! Seit Peter weg ist –«

»Wer ist Peter?«, fragte ich, setzte mich an den Tisch und nahm mir von dem Huhn. »Und warum muss Rebecca überhaupt hierher kommen?«

»Lass Marion ausreden, Feni«, sagte Mama. »Peter war Clairs Mann. Ich wusste gleich, dass dieser Hansdampf nicht lange bleiben würde.«

»Na ja, sie waren immerhin fast siebzehn Jahre zusammen«, meinte Marion. Sie wandte sich mir zu. »Ich weiß, deine Mutter hat's dir erzählt: Wir waren immer zu dritt im Spelman-College – ich, Catherine und Clair. Nie traf man eine von uns ohne die beiden anderen.« Marion schob ein Stückchen Huhn in den Mund und löffelte ein paar grüne Bohnen auf ihren Teller. »Schmeckt übrigens köstlich. Gib mir das Rezept, bevor ich gehe.«

»Und was ist dann passiert?«, unterbrach ich sie.

»Na ja«, sagte Marion, »sie hatten sechs Kinder. Clair war Lehrerin. Aber als Peter sie verließ, brach alles zusammen.«

»Das letzte Mal, als Clair und ich ausführlich miteinander gesprochen haben«, sagte Mama leise, »habe ich noch getrunken. Ich hätte sie schon vor Ewigkeiten mal anrufen sollen. Es ist viel zu lange her. Es wäre schön, sie wieder zu sehen.«

»Ich denke, wenn Rebecca hier bei euch ist, wird das die Entfernung zwischen uns wieder kleiner werden lassen. Wenn das Mädchen irgendwie Ähnlichkeit mit Clair hat, muss sie ein bisschen was vom Teufel im Leib haben.«

»Na, großartig«, sagte ich. »Holt ruhig den Teufel ins Haus. Macht euch bloß keine Gedanken um mich dabei.«

»Ich glaube, ihr zwei könntet euch gut vertragen«, meinte Marion und zog eine Augenbraue hoch.

»Das möchte ich ernsthaft bezweifeln.«

»Sie braucht alles Mögliche, Marion – Privatunterricht zum Beispiel«, warf Mama ein.

»Bernadette kann sie unterrichten. Sie hat schon gesagt, dass sie's macht.«

Mama schwieg einen Moment lang. »Sie wird Sachen zum Anziehen brauchen, einen Arzt, Kurse zur Geburtsvorbereitung. Aber vor allem Zuwendung.«

Marion lachte. »Von uns allen zusammen wird das Mädchen am Ende viel zu viel von allem bekommen.«

»Mit mir braucht ihr nicht zu rechnen!«, sagte ich. »Obwohl es ja anscheinend gar keine Rolle spielt, was *ich* finde, nachdem ihr beiden schon alles miteinander ausgemacht habt.«

Mama und Marion tauschten einen Blick.

»Du weißt, dass es wichtig ist, Feni«, sagte Marion.

»Wieso kann sie nicht bei dir wohnen?«, fragte ich sie. »Du und Bernadette, ihr habt ein großes Haus.«

»Clair ist nicht der Ansicht, dass ich die richtige Art von Leben führe«, antwortete Marion.

Ich nahm meine Gabel und murmelte: »Es ist alles so idiotisch.«

»Clair versteht das mit mir und Bernadette nicht. Sie versteht nicht, wie glücklich wir miteinander sind und dass es das ist, worauf es ankommt«, sagte Marion. »Ich kann sie nicht dazu zwingen.«

Im Esszimmer wurde es still. Mama kaute langsam an ihrem Huhn und Marion schob die Bohnen auf ihrem Teller hin und her. Ich wollte Marion sagen, dass ich sie lieb hatte. Und wie sehr ich Bernadette mochte, dass Bernadette eine von Ropers besten Lehrerinnen war und dass es mir egal war, was für eine Art von Leben sie führten.

»Wie lange muss sie hier bleiben?«, fragte ich. Der Gedanke an das, was geschehen würde, begann sich in mir zu setzen.

»Mindestens so lange, bis das Baby da ist«, sagte Mama.

Ich schob meinen Teller zurück.

»Feni . . .«, begann Mama.

»Nichts da Feni!«, brüllte ich und stieß meinen Stuhl zurück. »Das ist ein schreckliches Geschenk, das du mir zu meinem Geburtstag machst!«

Marion streckte die Hand aus um mich zu berühren, aber ich wich zurück.

»Was ist, wenn ich einfach niemanden bei uns in diesem Haus haben *will*?«, fragte ich und kümmerte mich nicht um Marions überraschten Gesichtsausdruck.

»Dann«, sagte Mama ruhig, »wirst du wohl trotzdem irgendwie damit fertig werden müssen. Denn sie wird kommen.«

»Warum willst du sie denn nicht hier haben, Feni?«, fragte Marion. »Ich könnte mir vorstellen, dass es schön für dich wäre, ein bisschen Gesellschaft zu haben.«

»Dann nimm du sie doch«, sagte ich – und bedauerte es sofort.

»Jetzt reicht es«, sagte Mama. Marion schob ihren Teller zurück und zündete sich eine neue Zigarette an.

»Sie wird Gesellschaft brauchen«, sagte Marion ruhig. »Ich arbeite die meiste Zeit, genau wie deine Mutter.«

Ich verschränkte die Arme und sah in eine andere Richtung. Marions Tonfall erinnerte mich an die Macht, die Erwachsene über mich haben, und daran, wie leicht es für sie ist, mit meinem Leben zu machen, was sie wollen.

»Was soll's«, meinte ich bitter.

»Ich denke, es wird gut für dich sein«, sagte Mama.

»Nein, wird es nicht. Es wird gut für *dich* sein und für Marion. *Ihr* seid doch diejenigen, die Clair gegenüber Schuldgefühle haben.«

Ich stand ohne Entschuldigung vom Tisch auf und ging hoch in mein Zimmer.

Unten hörte ich Marion sagen: »Sie ist 'ne ziemliche Nummer, was?«

Und Mama antwortete: »Klar, sie ist nun mal die Tochter ihres Vaters.«

Ich öffnete den Bilderrahmen und sah Großmama an. Sie lächelte immer noch.

4

Später am Abend, lange nachdem Marion gegangen war, klopfte Mama an meine Tür und streckte den Kopf herein.

»Du willst wahrscheinlich keinen Kuchen«, sagte sie.

»Nein, will ich nicht.«

»Er ist aus Maxies Bäckerei. Eine Buttercremetorte.«

»Ich hab gesagt, ich will keinen.«

Sie kam herein und setzte sich auf meine Bettkante.

»Feni . . .«, begann Mama.

»Warum muss sie hierher kommen? Warum musst du mir immer meinen Geburtstag verderben?«

Ich funkelte Mama wütend an, wandte mich jedoch ab, als ihr Tränen in die Augen stiegen.

»Wieso verderbe ich dir immer deinen Geburtstag, Feni?«

»Irgendwas passiert immer. Zum Beispiel hast du aufgehört zu trinken und das musste unbedingt an meinem Geburtstag sein.«

»Bist du nicht froh, dass ich aufgehört habe?«

»Jetzt bin ich froh, aber damals wollte ich nur, dass du etwas trinkst, damit du endlich aufhörst zu zittern und rumzujammern und andauernd Papier zu zerfetzen. Ich hab diesen Geburtstag gehasst. Und dann habt ihr beide, du und Daddy, einfach Schluss gemacht.«

»Das war nach deinem Geburtstag.«

»Nur, weil ihr's nicht direkt an meinem Geburtstag machen wolltet, aber ich wusste, dass er gehen würde. Ihr habt ja nicht mal miteinander gesprochen. Er hätte genauso gut schon weg sein können, das wär auch egal gewesen.«

»Feni, du musst das verstehen. Clair und ich waren sehr eng miteinander befreundet – wir waren immer füreinander da. Und eine solche Verbundenheit geht nicht verloren. Jetzt ist sie in Schwierigkeiten –«

»Du sagst dauernd, ich müsste irgendwas verstehen. Tu ich aber nicht! Ich versteh nicht, warum dieses Mädchen hierher kommen muss. Ich versteh nicht, warum sie nicht bei Marion bleiben kann.« Ich schrie jetzt und es war mir egal. Mama saß aufrecht am anderen Ende des Bettes und starrte mich an. Ihre Daumen drehten sich in kleinen, schwerfälligen Kreisen umeinander.

»Clair, Marion und ich waren sehr eng miteinander befreundet«, begann sie von neuem. Sie blickte aus dem Fenster und war in Gedanken weit weg von hier. Sie hielt den Kopf schräg, ihre Hände waren jetzt regungslos. »Damals sah es so aus, als könnte uns niemals irgendwas auseinander bringen.«

»Diese Geschichte hab ich schon hundertmal gehört.«

»Du hast gar nichts gehört, Feni. Du wirst

niemals wirklich wissen, was zwischen uns passiert ist.«

»Die Sachen, von denen ich nichts weiß, sind mir auch ziemlich egal.«

Mama redete weiter, als hätte sie mich nicht gehört. »Als Clair schwanger wurde, hat sie versucht es zu verbergen. Aber wir waren zu vertraut um Geheimnisse voreinander zu haben.« Mama sah auf ihre Hände hinunter und senkte die Stimme. »Ich glaube, Marion hat es am meisten ausgemacht. Marion hatte so große Träume für uns alle. Wir würden alle in Seton leben. Sogar Nachbarn sein. Doch dann überstürzten sich die Ereignisse mit einem Mal. Clair ist fortgegangen und Marion hat sich dazu bekannt, dass sie lesbisch ist. Wir entwickelten uns auseinander. Ich hatte meine Männer und Marion ihre Frauen.«

»Findest du das falsch?«

Mama schüttelte den Kopf. »Nein. Ich glaube, vor langer Zeit fand ich es falsch. Bevor sich das mit Marion herausgestellt hat, dachte ich immer, dass es nicht richtig ist, wenn zwei Menschen vom gleichen Geschlecht zusammen sind. Damals wusste ich noch nicht, dass es für die Menschen so viele verschiedene Arten gibt, einander zu lieben.« Mama sah mich an. »Als ich Marion zum ersten Mal traf, war sie eine radikale Feministin. Sie wollte die Wale und die Welt überhaupt retten, kümmerte sich um alles, was ihr nicht in Ordnung zu sein schien. Ich habe ihre Kraft und ihre Energie bewundert. Als ich sie näher kennen gelernt habe, bekam ich das Gefühl, dass mein Verstand so lange blockiert gewesen war! Es ist mir trotzdem zuerst schwer gefallen, als sie dann später damit rauskam – ich meine, ich wusste gar nichts über Lesbierinnen und ich hatte Angst vor ihnen!« Mama lächelte. »Aber Marion und ich waren Freundinnen und für uns hat sich im Grunde nichts geändert. Clair hat sich am schwersten getan damit. Sie war nicht dabei, als Marion gekämpft hat. Clair tut sich immer noch schwer. Sie begreift nicht, dass es nicht unsere Aufgabe ist, zu bestimmen, wie andere Leute zu leben haben.«

»Andere Leute bestimmen, wie ich lebe.«

»Werden sie nicht, wenn du erwachsen bist«, sagte Mama.

»Das ist nicht wahr. Du hast es selber gesagt. Es wird immer jemanden geben, der bestimmt, was ich tun oder nicht tun kann. Wenn nicht deshalb, weil ich ein Kind bin, dann deshalb, weil ich eine Frau bin. Wenn nicht deshalb, weil ich eine Frau bin, dann deshalb, weil ich schwarz bin.«

Mama starrte mich einen Moment lang überrascht an, dann verdrängte so etwas wie Furcht ihre Überraschung. »Glaub niemals, dass du nicht stark bist, Feni.«

»Ich bin jedenfalls nicht stark genug um zu verhindern, dass dieses Mädchen kommt.«

»Sie heisst Rebecca. Schluss mit ›dieses Mädchen‹! Verstanden?«

»Ja.«

»Du musst ja nicht ihre Freundin sein. Aber sie wird zu uns kommen.«

»Ich vermute, sie kann nicht im Gästezimmer schlafen.«

Mama schüttelte den Kopf. »Es ist viel zu kalt dort um diese Jahreszeit.«

»Ich hab's *gewusst!*«, sagte ich und verschränkte die Arme. »Und jetzt kommt das mit Großmamas Zimmer ...«

»Ich denke, es wäre ein guter Platz für sie. Es ist warm und in der Nähe des Badezimmers.«

»Das kommt überhaupt nicht in Frage«, sagte ich mit Nachdruck.

»Was meinst du mit: ›Das kommt überhaupt nicht in Frage‹?«

»Nicht in Großmamas Zimmer, Mama.«

Mama berührte meine Wange und im selben Moment stiegen mir die Tränen in die Augen. »Feni ...«

»Tu mir das nicht an, Mama. Gib ihr nicht Großmamas Zimmer.«

»Du musst anfangen loszulassen, Feni.«

»Zwing mich nicht dazu, Mama«, weinte ich. »Zwing mich nicht. Nicht jetzt. Bitte noch nicht, Mama.«

5

Mama blieb bei mir sitzen, bis sie glaubte, dass ich mich in den Schlaf geweint hätte, dann ging sie hinunter. Als ich hörte, wie sie die Tür zu ihrem Zimmer schloss, schlich ich auf Zehenspitzen über den Flur zu Großmamas Zimmer und stieß die Tür auf. Es war jetzt leer bis auf ein Doppelbett vor dem Fenster und einen hölzernen Schaukelstuhl. Mama hatte die Fotos an den Wänden schon vor Jahren abgenommen. Einige von ihnen waren unten in einem Album. Ein paar andere hatte Daddy mitgenommen.

»Wenn man stirbt«, flüsterte ich in die Leere hinein, »wird das, was einem mal gehört hat, in alle Winde verstreut.«

Ich saß auf Großmamas Bett und stieß das Fenster auf. Es knarrte.

Meine Großmutter war meine beste Freundin gewesen. Ich war acht, als sie während eines Besuchs in San Francisco von einem Bus vier Häuserblocks weit mitgeschleift wurde.

Großmamas Freundin Maryanne, die mit ihr gefahren war, sagte, der Busfahrer habe nicht gesehen, dass Großmama vom Bordstein auf die Strasse getreten war, und sei in die Market Street eingebogen ohne anzuhalten. Großmamas Kleiderärmel hatte sich im vorderen Kotflügel verfangen und Maryanne sagte, es sei eines der

Kleider gewesen, die Großmama selbst gemacht habe, so dass jede Naht doppelt genäht gewesen sei.

Als Großmama gestorben war, sprach ich zwei Monate lang kein Wort mehr. In meinem Kopf loderte ein Feuer, das drohte mich bei lebendigem Leib zu verbrennen. Aber ich setzte mich ans Fenster und ließ es von der heißen Sonne zu Asche herunterbrennen.

Sie wurde neben meinem Großvater beerdigt, den ich nie gekannt hatte, auf einer kleinen Parzelle mit einem grauen Grabstein.

»Vor langer Zeit«, hatte Großmama mir einmal erzählt, als wir meinen Großvater besuchten und weiße Lilien auf sein Grab stellten, »durften Schwarze überhaupt nicht hier begraben werden. Deinen Großvater würde es ganz schön amüsieren, wenn er wüsste, dass er auf dem Shepherd-Friedhof begraben ist. Großer Gott, ich seh ihn direkt vor mir, wie er von einem Ohr zum anderen lächelt darüber.« Dann grinste Großmama über ein kleines Geheimnis, das sie mit Großvater geteilt hatte. Wenn wir nebeneinander am Grab ihres Mannes saßen, wurde ihr Gesicht ruhig. Die Falten gruben sich noch tiefer in ihre dunkelbraune Haut. Die Stille des Friedhofs machte mir Angst. Zitternd kroch ich näher an sie heran.

»An dem Tag, an dem dein Großpapa gestorben ist, waren deine Mutter und ich zu einer Untersuchung im Krankenhaus gewesen. Sie war mit dir schwanger und sie lebte für eine

Weile bei uns, weil sie und Bernard beschlossen hatten, dass sie Landluft bräuchte. Als wir zurückkamen aus dem Krankenhaus, hab ich sie ins Bett gesteckt und dann bin ich losgegangen um deinem Großpapa zu sagen, dass alles in Ordnung ist. So langsam ich konnte, bin ich rüber zu dem Platz gegangen, wo er grade arbeitete. Tief drinnen hatte ich dieses Gefühl, dass irgendwas nicht stimmte. Als ich dort ankam, es war kaum mehr als dreißig Meter vom Haus entfernt, hat dein Großpapa immer noch die Heckenschere in der Hand gehabt. Es saß gegen einen Baum gelehnt, als würde er auf mich warten. Hatte seine Augen weit offen und der Schweiß ist ihm sein schönes braunes Gesicht runtergelaufen.«

Großmama sah sich auf dem Friedhof um. »Die Vögel hatten den ganzen Morgen über krakeelt, aber als ich damals zu der Stelle kam, wo dein Großpapa saß, war auf einmal alles ganz ruhig, so wie jetzt hier.« Großmama hob eine der Lilien auf und hielt sie mir unter die Nase. Ich atmete tief ein und der Blütenstaub kitzelte mich in den Nasenlöchern. »Ich hab einen Vierteldollar aus meiner Schürzentasche genommen und deinem Großpapa die Augen geschlossen.«

Lange Zeit schwiegen wir. Ich starrte den dunkelgrauen Grabstein an und wünschte, ich hätte den Mann, der darunter lag, gekannt. *RANDALL CALEB* stand auf dem Stein, *1919–1979. MÖGE ER IN FRIEDEN RU-*

HEN. Darunter war in winzigen Buchstaben ein Gedicht eingraviert. Ich hatte es schon vor langer Zeit auswendig gelernt.

Deine Welt ist so groß, wie du sie machst.
Ich weiß es, weil ich mich lang zufrieden gab
mit einer Ecke in dem kleinsten Nest,
meine Flügel eng an den Leib gepresst.
Doch in der Ferne sah ich einen Horizont,
dort, wo der Himmel das Meer umschlingt,
und ich zitterte vor Verlangen,
diese Unendlichkeit zu durchwandern.
Ich bekämpfte die Mauern, die mich umgaben,
und öffnete meine Flügel im Wind –
und schwang mich in höchste Höhen,
federleicht, voll Entzücken und Kraft.

Ich spürte, dass Großmama mich beobachtete, während ich das Gedicht las. Als ich fertig war, sah ich sie an und wartete.

»Deine Mutter und dein Vater sind gute Menschen, Feni. Sie lieben dich sehr.«

Ich nickte. Großmama fuhr fort und es war beinahe so, als würde sie mit jemand anderem reden – jemand, der meilenweit weg war.

»Frauen haben viel Kraft, Feni. Sie sind diejenigen, die überleben. In der Bibel steht, dass wir aus einer Rippe Adams gemacht worden sind, aber das muss nicht unbedingt stimmen.«

»Aber, Großmama«, unterbrach ich sie, »du hast gesagt, in der Bibel steht die Wahrheit!«

»Schon gut. Schon gut. Ich weiß, dass ich das gesagt hab, Liebes. Aber das ist schon lange her.«

»Bevor du aufgehört hast in die Kirche zu gehen, Großmama?«

Sie nickte. »Lange bevor ich aufgehört hab in die Kirche zu gehen.«

»Aber warum hast du aufgehört?«

»Ich hab aufgehört, weil ich nicht mehr geglaubt habe, Feni. Kannst du das verstehen?«

Ich nickte. »Das ist wie bei mir, als ich aufgehört hab an den Weihnachtsmann zu glauben.«

Großmama lächelte. »Genau. Ich hab aufgehört an das Warten zu glauben, Afeni. Wenn irgendwas mit mir geschehen soll, wenn ich tot bin, dann wird es geschehen. Hat keinen Sinn, sich zu sorgen und zu beten, solange ich immer noch eine Menge von diesem Leben zu leben habe. So rum ist es leichter. Aber darum geht's mir im Moment gar nicht. Was ich sagen will, ist, dass es auf dieser Welt alle möglichen Arten von Frauen gibt. Manche von uns machen Fehler, manche von uns scheinen manchmal schwach zu sein und andere voller Kraft. Manche wollen keine Kinder kriegen, manche können nicht. Manche Frauen heiraten einmal oder acht- oder neunmal und andere heiraten nie.«

»Wie Marion?«

Großmama runzelte leicht die Stirn. Sie mochte Marion nicht. »Manchmal. Aber wir reden nicht von Marion, Liebes. Wir reden von deiner Mutter. Sie ist eine starke Frau. Sie macht manchmal Fehler, Feni. Manchmal sieht es so aus, als würde sie dich nicht lieben, aber das eine will ich dir sagen: Man kann in diesem Leben nicht ein Kind zur Welt bringen und dieses Kind nicht lieben.«

»Manchmal kommt es mir so vor, als wär ich Mama völlig egal.«

»Aber das bist du nicht, Feni. Darauf will ich hinaus. Deine Mutter hat im Augenblick ein großes Problem. Ein sehr großes. Und sie muss da ganz allein durch. Du musst ihr tragen helfen, Feni. Sei nicht dickköpfig. Sei nicht wütend.«

»Aber manchmal macht sie mich verrückt, Großmama. Wenn sie trinkt . . .«

»Der Alkohol macht deine Mama schwach, Feni.«

»Und Daddy ist so wütend darüber. Dann streiten sie sich. Sie streiten so oft.«

Großmama sah auf mich hinunter. »Manchmal kommen Leute zusammen, die nicht füreinander gemacht sind. Und das hat dann einfach keinen Sinn, für keinen von beiden.«

»Wie Mama und Daddy. Ich glaube nicht, dass sie sich lieben. Und wenn Mama trinkt, bekomme ich Angst.«

»Eines Tages wird deine Mama begreifen, dass das Trinken ihre Wunden nicht heilt«, sagte Großmama sanft. »Wenn ich Catherine ansehe, spüre ich, dass sie innerlich völlig zerrissen ist. Sie will etwas, das sie nicht bekommt.«

»Was will sie denn, Großmama?«

Großmama drückte meine Hand und zog mich auf die Füße. »Sie selbst ist die Einzige, die das weiß, Feni.« Ihre Stimme klang weich und voll in der Stille. Zusammen gingen wir an den stillen Grabsteinen vorbei nach Hause.

Auf dem Rückweg von Großmamas Beerdigung schwieg ich. Ich trug ein weißes Kleid und hatte mir geschworen es nie wieder anzuziehen. Mama und mein Vater gingen in weitem Abstand voneinander. Auf dem Weg zu dem Wagen, der uns zum Flughafen bringen sollte, hielt ich an und drehte mich zu dem Grab um.

»Bist du okay?«, fragte Mama und beugte sich zu mir herunter um mir mit einem Taschentuch über die Augen zu fahren. »Schnäuz dich«, sagte sie und hielt mir das weiße Taschentuch fest unter die Nase.

Hunderte von Menschen waren um uns herum. Die Frauen tätschelten Mama und sahen mich traurig an. Alle trugen Schwarz. Nur Mama sah stark aus.

Jetzt, als ich mich gegen die festen Kissen lehnte, seufzte ich. Großmama war schon lange tot. Bald, das wusste ich, würde ich anfangen müssen loszulassen.

6

Kurz bevor es dämmerte, tappte ich hinüber in Mamas Zimmer und kroch neben ihr ins Bett. Im Halbschlaf tastete sie nach mir um mich zu umarmen und merkte langsam, dass ich da war.

»Hast du schlecht geträumt?«, fragte sie schlaftrunken.

»Ich hab von Rebecca geträumt. Ich hab geträumt, dass sie das Baby hier im Haus kriegt, und niemand war daheim außer mir. Ich hatte Angst, Mama.«

Mama zog mich enger an sich. »Machst du dir Sorgen, Feni?«

Ich nickte in die Dunkelheit. »Ich hab Angst, wenn ein schwangeres Mädchen hier wohnt, Mama. Sie ist nur drei Jahre älter als ich.«

»Ich weiß, Liebes«, sagte Mama und ihre Stimme wurde klarer. »Ich wollte heute Abend mit dir darüber reden, aber wir sind ja ständig bei anderen Sachen hängen geblieben.«

»Du wolltest über Rebeccas Baby reden?«

»Hmmm. Ich wollte über Jungen reden und über Liebe und darüber, wie es ist, wenn man so jung schwanger ist.«

Ich spürte, wie mein Gesicht heiß wurde. »Ich hab noch nicht mal einen Freund, Mama.«

»Gott sei Dank. Ich würde ihm eins mit der Pfanne über den Kopf geben.«

»Jungen sind manchmal so blöd.«

»Ich bin froh, dass du so denkst.«

»Aber, Mama ...?«

»Hmmm ...?«

»Wie, glaubst du, ist es denn Rebecca passiert? Ich meine, sie ist so jung und alles.«

Mama setzte sich ächzend auf. »Es macht mir ein bisschen Angst, wie sehr Rebeccas Leben dem von Clair ähnelt. Es ist nicht genau das Gleiche, Clair war immerhin schon auf dem College. Aber ich bin sicher, dass auch Rebecca nicht wollte, dass das passiert. Ich kenne Rebecca nicht mehr. Die Rebecca, die ich gekannt habe, war klein und schüchtern.«

»Die, an die ich mich erinnere, war gemein und rechthaberisch. Bist du sicher, dass wir dieselbe Person meinen?«

Mama lachte. »Ich bin sicher.«

»Glaubst du, dass Rebecca und ihr Freund sich lieben, Mama?«

Mama dachte einen Moment lang nach. »Ich glaube, manchmal sind Mädchen, die schwanger werden, auf der Suche nach Liebe. Sie brauchen Liebe, etwas Lebendiges zum Liebhaben. Und in dem Moment scheint ihnen ein Baby genau das Richtige zu sein. Ich hoffe, dass du dich niemals so fühlen wirst, Feni.«

»Passiert es einfach, Mama? Wacht man eines Tages auf und hat das Gefühl, nicht genug Liebe im Leben zu haben, und dann geht man los und findet einen Freund und hat Sex?«

»Sex ist viel ernster als das, Feni. Zuerst ist da

Liebe. Dann bekommst du das Gefühl, als ob du platzt, wenn du denjenigen nicht küssen kannst. Dann wollt ihr euch berühren. Dann willst du Sex. Aber die Liebe sollte zuallererst kommen.«

»Was ist, wenn du nur *glaubst*, dass du denjenigen liebst?«

Mama zog mich näher zu sich heran und strich mir das Haar aus dem Gesicht. »Du musst dir sicher sein, Feni. Du musst den Menschen, mit dem du zusammen bist, wirklich gut kennen. Ich meine, mit Aids und allem anderen, was es so gibt, musst du in der Lage sein, mit deinem Liebsten über seine Vergangenheit zu sprechen. Über sein Sexualleben. Es ist schwierig, so ein Gespräch mit jemandem zu führen, von dem du nur *glaubst*, dass du ihn liebst. Aber mach dir keine Sorgen«, sagte sie und gab mir einen Schubs. »Du wirst schon wissen, wann du dir sicher bist.«

»Ich hab das Gefühl, dass es noch so lange hin ist, Mama. Als ob ich das alles nur auf einer großen Leinwand sehe und es mit mir überhaupt nichts zu tun hat.«

»Da gehört es auch hin«, sagte Mama. »Weit weg in die Zukunft!«

»Glaubst du, dass Clair Rebecca immer noch lieb hat?«

»Natürlich. Es muss schon eine Menge passieren, damit eine Mutter aufhört ihr Kind zu lieben, Feni.«

»Glaubst du, Marions Mutter hat Marion immer noch lieb?«

»Ich bin mir ganz sicher.«

»Vor dieser Rebecca-Geschichte hab ich noch nicht mal an Sex gedacht. Jetzt denke ich die ganze Zeit darüber nach.«

»Denk nicht zu viel«, sagte Mama.

»Aber es geht doch andauernd um Sex. Rebecca ... Marion ...«

»Nun, bei Rebecca weiß ich nicht Bescheid, weil ich sie nicht kenne. Aber was Marion und Bernadette betrifft, in ihrer Beziehung geht es um Liebe, Feni. Marion und Bernadette lieben sich.«

Mama legte sich wieder neben mich. »Wenn es zuerst um Liebe geht, ist es am besten. Auf diese Art wirst du dich bis ins hohe Alter daran erinnern.«

»Das ist alles so verwirrend. Ich meine, im Augenblick mag ich Jungen eigentlich gar nicht sehr. Heißt das, dass ich sie niemals mögen werde?«

»Das wird sich zeigen, Feni. Und wenn nicht, dann ist es auch in Ordnung.«

»Würdest du mich noch lieben, wenn ich als Erwachsene lesbisch wäre?«

»Natürlich, Feni.«

»Würdest du mich noch lieben, wenn ich schwanger nach Hause käme, so wie Rebecca?«

»Natürlich, Feni, aber das muss ja nicht passieren. Wenn du meinst, dass du bereit für Sex bist, dann können wir über Safer Sex und Verhütung reden. Ich werde mit dir zum Arzt gehen. Aber ich hoffe, dass du noch ein paar Jahre wartest, bevor du dich so verliebst. Ich möchte, dass du aufs College gehst, Feni, und dass du deine Sache dort gut machst. Du hast später noch so viel Zeit für Babys.«

»Aber würdest du mich immer noch *lieben*?«

»Ja, Feni.«

»Was ist, wenn ich mit einem Baby *und* einer Freundin nach Hause komme?«

»Feni . . .!«

»Nur 'ne kleine Testfrage, Mama!«

»Lass uns einfach miteinander reden, bevor du irgendeine Art von Sex hast, okay?«

Ich kroch tiefer unter die Decke und lächelte. »Okay.«

Mama schloss die Augen.

»Ist sie dick oder dünn, Mama?«

»Ich hab sie seit Jahren nicht gesehen.«

»Glaubst du, dass sie größer ist als ich?«

»Das bezweifle ich. Du bist ziemlich groß.«

»Ihre Augen waren grau. Ich erinnere mich daran. Weißt du noch, wie Großmama gesagt hat, dass grauäugige Menschen böse sind?«

»Deine Großmama hatte manchmal sonderbare Vorstellungen von den Menschen.«

»Sie war die Größte.«

»Hmmmm . . .«

»Mama?«

»Hmmmm . . .?«

»Meinst du, Großmama hätte es gefallen, dass Rebecca herkommt?«

»Sie hätte es wohl *ungewöhnlich* gefunden!«

Ich lachte. »Großmama wäre so wüüüüüütend gewesen. Sie hätte gesagt« – ich senkte meine Stimme und sprach langsam: »›Also, Catherine, ’s is nich in Ordnung! ’s is einfach nich in Ordnung, du ziehst Feni in Gesellschaft von Mädchen groß, die in Schwierigkeiten sind.‹ Hätte sie das nicht gesagt?«

»Du hast sie getroffen, stimmt.«

»Sie war die Größte.«

Das Haus ächzte in der Stille. Mamas Atem an meinem Arm wurde gleichmäßig.

»Mama . . .?«

»Feni, weißt du, wie spät es ist?«, fragte Mama schläfrig.

»Zeit, dir zu sagen, dass ich dich lieb hab.« Ich drehte mich auf die Seite. »Gute Nacht.«

Mama lachte schlaftrunken, zog mich näher zu sich heran und seufzte.

7

Am Sonntag fuhr Mama frühmorgens los um Rebecca vom Flughafen abzuholen und ich blieb zu Hause um den Schneematsch aus der Einfahrt zu schaufeln. Als ich den letzten Schnee zu einem kleinen grauen Haufen zusammenkratzte, kam die Sonne heraus. Ich schirmte meine Augen ab und sah hinaus auf die Straße. Seton ist ein kleiner Wohnort in Pennsylvania, umgeben von Bergen. Es leben hauptsächlich Schwarze dort. Die viktorianischen Häuser stehen weit auseinander und die Leute, die darin wohnen, sind Ärzte und Rechtsanwälte und Banker. Eine Menge Familien haben Kinder, die jeden Herbst weggeschickt werden, in Privatschulen. Als ich hinaus auf die ruhige Straße blickte, wurde ich plötzlich traurig. Ich fragte mich, wie viele Rebeccas wohl schon von hier fortgemusst hatten, während der Rest, die »netten Kinder«, zu *Jack und Jill*, in die Tanzschule und in die ganzen andern versnobten Clubs geschickt wurde – überall dorthin, wo »nette Kinder« hingehen um andere »nette Kinder« zu treffen.

Oben in meinem Zimmer strich ich über die saubere blaue Bettwäsche, mit der wir Rebeccas Bett bezogen hatten. Einen Moment lang hatte ich das Gefühl, wir würden sie betrügen; ihre schmale, zusammenklappbare Liege sah gegen mein Doppelbett, das auf einem Podest stand, kümmerlich aus. Die dünne Matratze roch nach der Mansarde. Aber auf gar keinen Fall würde ich sie oder sonst irgendjemanden in Großmamas Zimmer wohnen lassen. Auch wenn das zur Folge hatte, dass ich mein Zimmer mit einem schwangeren Mädchen teilen musste.

Obwohl das Haus von oben bis unten blitzblank und sauber war, beschloss ich das Wohnzimmer zu saugen. In der Mitte unseres Wohnzimmers gibt es eine Vertiefung, die mit Teppichboden ausgelegt ist. Unten ist ein Kamin und gegenüber ein großes Aquarium.

Als ich gerade fertig war mit Saugen, hielt Mamas Wagen draußen. Mama hatte einen Braten in die Mikrowelle geschoben und auf dem Weg zur Tür stellte ich sie an.

»Hallo, Schatz. Hol bitte die andere Tasche aus dem Wagen«, sagte Mama und eilte mit einer Tüte voller Lebensmittel ins Haus. »Wir haben noch was eingekauft. Rebecca isst kein Fleisch.«

Ich hielt ihr die Tür auf und ging dann zum Kofferraum. Ich sah niemanden auf dem Beifahrersitz, doch dann hob das Mädchen den Kopf vom Rücksitz.

Sie stöhnte, als sie aus dem Wagen stieg. Das Erste, was ich von ihr wahrnahm, war ihr Bauch unter einem viel zu kleinen Mantel. Ich spähte um die Kofferraumklappe herum. Sie war gerade dabei, sich umzudrehen, und erwischte mich.

»Hast wohl noch nie ’n schwangeres Mädchen gesehen?« Sie verzog ihre Lippen zu einem schmalen Strich und die Grübchen in ihrem Gesicht vertieften sich. Ihre Stirn war mit Pickeln übersät, ihr lockiges Haar trug sie kurz geschnitten wie ein Junge.

»Hast du oder hast du nicht?« Sie ging um den Wagen herum zum Kofferraum und sah zu, wie ich die Lebensmittel heraushob.

»Mann, das hier ist wirklich das Land«, sagte sie und sah sich um. »Niemand hat mir gesagt, dass ich aufs Land fahre.« In der einen Hand hielt ich die Tüte mit den Lebensmitteln, mit der anderen schlug ich die Kofferraumklappe zu.

Rebecca zog einen kleinen Koffer vom Rücksitz und folgte mir ins Haus.

»Wow!«, sagte sie und sah sich im Wohnzimmer um. »Das ist ja wohl ’ne Villa oder so was.« Ich hatte wohl ein wenig die Stirn gerunzelt. »Ihr seid reiche Leute. Wusste gar nicht, dass es überhaupt Schwarze gibt, die reich sind. Außer im Fernsehen.« Sie stellte ihre Tasche ab und ging hinüber zum Aquarium. Sie wirkte ein wenig unbeholfen, weil sie sich leicht nach vorn beugte um ihren Bauch zu verbergen. »Sieh dir das an!«, sagte sie. »Jetzt sieh dir nur mal das ganze Fischzeug hier an.«

»Das ist kein Fischzeug, das sind *Fische*.«

Sie richtete sich auf und drehte sich zu mir um. Ihre Augenbrauen trafen sich in der Mitte ihrer Stirn. »Jetzt pass mal gut auf! Nur weil ich hier in eurem schnieken kleinen Haus bin«, zischte sie, »heißt das noch lang nicht, dass du mir beibringst, wie man redet, oder mir sagst, was ich tun soll. Ich will überhaupt nicht in dieser Villa auf dem langweiligen Land sein. Du meinst wohl, du bist was Besonderes oder so. Aber ich weiß alles über dich, Feni Harris. Deine Mama sagt, du redest mit niemand und du hast keine Freunde. Also sei lieber froh, dass ich hier bin, ob ich nun ›Fischzeug‹, ›Fische‹ oder sonst was sage.« Sie stemmte die Hände in die Hüften und starrte mich an.

»Es heißt trotzdem ›Fische‹«, sagte ich und trug die Lebensmittel in die Küche.

»Ich glaube, wir sollten versuchen das hier wieder einzufrieren«, sagte Mama. Sie stand an der Mikrowelle und hielt den Braten in der Hand. »Rebecca ist Vegetarierin, also werden wir so was wohl eine Zeit lang nicht essen.«

Ich begann die Lebensmittel wegzuräumen. »Ich esse immer noch Fleisch. Nur weil sie's nicht tut, muss sich ja bestimmt nicht gleich jeder umstellen, oder?«

Mama sah mich an. »Ich esse auch immer noch Fleisch. Wir werden das schon hinkriegen.« Sie legte das Fleisch in den Gefrierschrank. Dann kam sie zu mir und sah über meinen Kopf hinweg zum Fenster hinaus. »Ich frage mich, wo Marion bleibt. Sie kann doch wohl kaum vergessen haben, was heute los ist«, sagte sie. »Rebecca scheint reizend zu sein, nicht wahr?«

Ich wollte gerade etwas erwidern, aber Rebecca kam in die Küche. »Catherine, das Haus ist klasse!« Sie ließ sich schwer auf einen Stuhl fallen und strich über ihren Bauch. »Es muss ja Millionen gekostet haben. Dieses Sofa da drüben ist aus echtem Leder, oder? Ich hab so eins schon mal gesehen. Das hat zweitausend Dollar gekostet. Ich hab zu meinem Freund gesagt, das ist das Sofa, das ich will, wenn wir verheiratet sind. Nur ist das, das ich krieg, beige, nicht braun. Aber euer braunes gefällt mir auch gut. Soll ich da drauf schlafen? Ich müsst mich mal hinlegen.«

»Nein«, sagte Mama lächelnd, »wir haben ein zusätzliches Bett in Fenis Zimmer gestellt. Ich dachte, es wäre schön, wenn ihr zwei zusammen wärt.«

Ein Stirnrunzeln glitt über Rebeccas Gesicht, aber dann lächelte sie schnell.

»Warum ruhst du dich nicht ein bisschen aus, während wir das Essen fertig machen? Du sagst, ich muss diesen Tofu nur eine Zeit lang kochen und dann ein bisschen Barbecuesoße darüber tun?«

Rebecca nickte und ich sah den käseähnlichen Klumpen an, den Mama in der Hand hielt. »Was ist das?«

»Das ist Tofu.« Rebecca grinste. »Echt gute Proteine. Zeigst du mir, wo's zu meinem Zimmer geht?« Sie erhob sich langsam und atmete aus. »Ich hätte nie geglaubt, dass Aufstehen so schwierig sein kann.«

Ich sah Mama an, aber sie las die Rückseite der Tofupackung und runzelte die Stirn.

8

Mann, was ’ne Menge Puppen!«, quietschte Rebecca und stürzte unbeholfen auf die Regale neben meinem Bett zu. »Das müssen ja Hunderte sein.«

»Vierundsiebzig«, murmelte ich. Die Puppen saßen der Größe nach aufgereiht auf drei Regalbrettern.

»Ich hatte auch solche Puppen«, sagte Rebecca. »Ich hatte Hunderte von Puppen. Sie waren von überallher, alle Farben, alle Größen. Ich hatte mehr Puppen als sonst irgendein Mädchen auf der Welt.« Sie griff nach einer und hielt inne. »Darf ich sie anfassen? Oder bist du egoistisch?«

»Nein, darfst du nicht«, sagte ich.

Aber sie hatte sowieso schon eine braune Babypuppe, die in ein blaues Tuch gehüllt war, heruntergeholt. »Oh, ist die schön«, sagte sie und drückte die Puppe an ihre Brust. »Gott segne sie.«

Ihre Stimme veränderte sich und sie drehte sich zu mir um. »Ich hatte auch so eine Puppe wie diese. Ich hatte alle möglichen Puppen!«

»Was ist mit ihnen passiert?« Ich saß auf meiner Bettkante und es war schwierig, meinen Blick von ihrem Bauch abzuwenden.

»Ich weiß nicht. Sind alle verschwunden.

Manche hierhin. Manche dorthin. Viele davon hab ich weggeschenkt, für wohltätige Zwecke und so. Ich bin von Natur aus großzügig. Das sagen zumindest die Leute.« Sie trug die Puppe hinüber zu dem Klappbett. »Das ist mein Bett, stimmt's?« Ein Hauch von Enttäuschung lag in ihrer Stimme, als sie die Puppe hinlegte und ihre Tasche öffnete.

»Ich hab nicht grade meine besten Sachen mitgebracht«, sagte sie und sah zu mir auf. »Ich nehm immer nur wenig mit, wenn ich verreise. Bin schon an allen möglichen Orten gewesen.«

Ich starrte auf das Mitleid erregende Bündel Kleider, das sie aus dem Koffer holte: zwei oder drei Paar schäbig aussehende Unterhosen, ein weißes Sweatshirt und eine Jeans, bei der vorne ein Stück herausgeschnitten und durch Gummiband ersetzt worden war. Dann gab es noch eine hellblaue Stretchhose wie die, die meine Großmutter immer getragen hatte, und einen geblümten Bademantel mit einem ausgefransten Band dort, wo eigentlich ein Gürtel hätte sein sollen.

»Ich glaub, ich hab meinen Schlafanzug vergessen. Aber ich kann ja im T-Shirt oder so schlafen.«

Sie blickte mich eine Weile an, die mir sehr lang vorkam. Schließlich wurde ich verlegen und sah weg. »Glotzt du immer so? Falls du's nämlich tust, bist du unhöflich«, sagte sie.

Ich spielte mit der Kante meiner Tagesdecke und sagte nichts. Ich hasste Rebecca.

»Was geht eigentlich in deinem Kopf vor,

wenn du dasitzt und mich anstarrst? Was willst du von mir? Du hast doch schon dieses ganze Zeug hier. Was willst du denn noch?«

»Was meinst du damit, was will ich noch?«, fragte ich und ballte meine Hände zu Fäusten. »Ich will von niemandem irgendwas. Am allerwenigsten von dir. Was könntest du mir denn geben? Du hast ja nichts.«

»Oh, fall bloß nicht vom Pferd. Du bist doch 'n mieses kleines Gör, sonst gar nichts. Du könntest 'nen Tritt in den Hintern brauchen.«

»Du wirst mir ganz bestimmt keinen geben«, sagte ich schwach. Was für ein Recht hatte sie, in dieses Haus zu kommen und sich aufzuführen, als hätte sie hier zu bestimmen?

»Würd ich auch meine Zeit nicht mit verschwenden, verwöhntes Gör. Du hast diese ganzen Puppen da und willst immer noch mehr Zeug.«

»Ich spiele nicht mehr mit den Puppen. Ich bin zu groß dafür.«

Rebecca ließ das Hemd, das sie gerade zusammenfalten wollte, mitten in der Luft hängen.

»Red nicht so 'n Mist! Wie alt bist du denn? Elf? Zwölf?«

»Ich bin zu alt«, wiederholte ich.

»Ach, wie traurig. Ich hab mit meinen Puppen gespielt, bis ich vierzehn war. Und ich bin vollkommen verknallt in die hier«, sagte sie und zeigte auf die Puppe. »Ist mir egal, was die Leute sagen. Wenn ich mit meinen Puppen gespielt hab, hab ich alles vergessen. Nichts sonst war wichtig. Nichts. Nur das, was ich mit meinen Puppen erfunden hab, war wirklich da. Ich hab mit ihnen geredet und so. Sie haben auch mit mir geredet.«

»Ich hatte mal Puppen, die sprechen konnten.«

»Meine waren keine Sprechpuppen. Meine waren solche wie die da. Sie haben nicht wirklich gesprochen. Aber manchmal haben sie mit mir geredet.«

Du bist ein bisschen verrückt, wollte ich sagen. Aber Rebeccas Blick hatte sich getrübt und ihre Stimme war zu einem Flüstern herabgesunken. Deshalb beugte ich mich ein wenig vor um sie hören zu können.

»Sie haben mir immer gesagt, wie die Dinge sind. Meine Mama, der geht's nicht so gut, weißt du. Sie macht manchmal immer noch komische Sachen. Ich bin dann einfach ins Zimmer gegangen, hab mir irgendeinen Platz gesucht und mit ihnen drüber geredet. Ich hab so viele Brüder und Schwestern; sie machen mich wahnsinnig. Das ganze Haus ist immer voller Geschrei und Gezanke und so. Ich und meine Puppen, wir haben uns immer eine ruhige Ecke gesucht, zum Beispiel im Wandschrank oder so, und wir haben einfach nur geredet.«

»Was haben deine Puppen so gesagt?«, fragte ich und stahl mich Zentimeter für Zentimeter zur Tür.

Rebeccas Stimme wurde wieder normal. »Was glaubst du denn, was sie gesagt haben?«

Ich zuckte mit den Schultern und sie stellte ihren Koffer auf den Boden und streckte sich auf dem Bett aus.

»Was haben denn deine Puppen gesagt, als du aufgehört hast mit ihnen zu spielen? Haben sie gesagt: ›Feni, spielst du nicht mehr mit uns, weil dein Daddy weggegangen ist?‹ Haben sie das gesagt?«

»Mir ist es ganz egal, dass mein Vater weggegangen ist«, sagte ich, aber mir wurde klar, dass ich wirklich keine Puppe mehr angerührt hatte, seit Daddy fort war.

»Na, ich hab aufgehört mit Puppen zu spielen, als ich einen Freund hatte, und dann haben sie auch nicht mehr mit mir geredet.« Rebecca nahm die Babypuppe in ihre Arme und schloss die Augen. »Sie haben einfach den Mund gehalten und gar nichts mehr gesagt. Das war vielleicht was. Als hätten sie nie geredet«, meinte sie schläfrig.

Ich stand im Türrahmen und starrte sie an. Sie rollte sich mit der Puppe im Arm zusammen, seufzte und kehrte mir den Rücken zu. Als ich ihr sanftes Schnarchen hörte, ging ich aus dem Zimmer und warf die Tür ins Schloss.

9

Marion kam rechtzeitig zum Abendessen, die Arme voller Einkaufstüten. Rebecca und ich saßen uns schweigend am Küchentisch gegenüber. Seit unserem Gespräch, bevor sie sich hingelegt hatte, hatten wir nicht mehr miteinander geredet.

Als Marion in die Küche kam, glitt Rebeccas Blick zu mir herüber.

»Sie ist so ’n Mannweib, stimmt’s?«, wisperte sie.

Ich hätte sie ohrfeigen mögen. »Nein, du blöde Kuh! Sie ist einfach nur lesbisch.«

»Ist doch dasselbe«, zischte sie. Ich ballte meine Hände zu Fäusten und grub die Fingernägel in die Handflächen. Ich hatte noch nie ein schwangeres Mädchen verprügelt. Im Grunde hatte ich noch nie jemanden verprügelt.

»Manche lesbische Frauen haben es nicht gern, wenn man sie Mannweib nennt. Genau wie manche Schwangere es nicht gern haben, wenn man sie dickbäuchige Kuh oder so was nennt. Kapiert?«

Rebecca verdrehte die Augen, aber dann warf sie Marion einen raschen Blick zu, der mir zeigte, dass dieser Punkt an mich gegangen war.

Marion lächelte über das ganze Gesicht, als

sie die Tüten vor Rebecca abstellte. Sie küsste Rebecca auf die Stirn und Rebecca wich ein wenig zurück. »Du bist erwachsen und eine Schönheit geworden, stimmt's? Du siehst Clair derart ähnlich, es ist kaum zu glauben! Ist sie nicht was ganz Besonderes, Catherine?«

Mama stand jetzt hinter Marion und lächelte. Niemand sagte ein Wort. Rebecca wurde rot und starrte zu Boden.

»Und du werd jetzt bloß nicht gleich neidisch«, sagte Marion zu mir, als sie eine der Tüten durchwühlte. »Ich habe ein paar Sachen für Rebecca gekauft, weil ich weiß, dass sie nicht viel Zeit hatte um einkaufen zu gehen, bevor sie losgefahren ist.«

»Das hast du also den ganzen Nachmittag über getrieben«, sagte Mama und stellte die Taschen auf den Tisch.

»Weißt du«, sagte Marion, »ich habe dich schon so lange nicht mehr gesehen. Du warst beim letzten Mal so in Fenis Alter. Vielleicht sogar jünger. Wahrscheinlich kannst du dich nicht mehr an mich erinnern.«

»Doch, ich erinnere mich an dich«, sagte Rebecca. »Und Mama hat mir von dir erzählt.«

In der Küche breitete sich Schweigen aus.

»Ach ja?«, fragte Marion unbehaglich. »Was hat sie denn gesagt?«

Ich saß Rebecca gegenüber und hatte das Kinn in die Hände gestützt. Sie blickte starr auf den Boden, als sie antwortete. »Sie hat gesagt, dass ihr auf dem College alle eng befreundet wart. Wirklich eng. Wie eng warst du mit meiner Mama befreundet?« Dann schaute sie auf und mein Blick folgte ihrem, als sie Marion ansah. Wir warteten alle.

»Wir waren alle drei ineinander verflochten wie ein Zopf«, sagte Marion langsam. »Eine um die andere geschlungen, als gäbe es keinen Anfang und kein Ende für uns.«

»Aber du bist . . . eine von der anderen Seite, stimmt's?«

»Ich bin was?« Marion lachte, ihre Augen funkelten belustigt.

»Eine von der anderen Seite. Das sagt jedenfalls Mama.«

Marion prustete los und Mama stimmte in ihr Gelächter ein. Meine Augen begegneten denen von Rebecca und einen Augenblick lang waren wir durch unsere gemeinsame Verwirrung verbunden.

»Es heißt ›vom anderen Ufer‹«, sagte Marion und wischte sich die Augen. »Das ist ein nicht sehr freundlicher Ausdruck für homosexuell.«

»Egal, wie das heißt, das bist du jedenfalls, sagt Mama.«

»Und was sagt deine Mama noch?«, fragte Marion. Sie sah stolz auf Rebecca hinab und schien nicht ärgerlich zu sein.

»Oh, sie sagt alles Mögliche. Mama ist manchmal verrückt. Aber wenn sie über dich redet, dann redet sie meistens über das Spelman-

College.« Rebecca blickte Marion an. »Wie kommt es, dass du lesbisch bist?«, fragte sie aus heiterem Himmel.

»Das ist unhöflich«, sagte ich und Rebecca warf mir einen vernichtenden Blick zu.

»Mit dir redet keiner!«

»Na, ihr zwei vertragt euch ja prächtig.« Marion nahm eine Strickjacke aus einer der Tüten und hielt sie Rebecca an die Schultern. »Meinst du, die passt?«

Rebecca blieb der Mund offen stehen, als sie die Jacke sah. Sie war aus dunkelblauem Angora und hatte weiße Vögel an den Schultern. »Sie ist wunderschön!« Sie stand langsam auf und hielt sich die Jacke an. »Sie ist so weich.« Ein Teil der Jacke lag auf ihrem Bauch. »Diese ganzen Tüten hier, ist das alles für mich?«

»Mir hat niemand was gekauft«, murmelte ich und zerriss ein Stück Papier.

»Hilf mir den Tisch zu decken, Feni«, sagte Mama.

Vom Esszimmer aus konnte ich die Ooohs und Aaahs von Rebecca hören.

»Es war aber wirklich unhöflich von ihr, Marion zu fragen, warum sie lesbisch ist«, flüsterte ich.

»So lernt man doch schließlich, oder? Durch Fragen.«

»Wenn ich das gemacht hätte, hätt ich ganz schön was zu hören gekriegt!«

»Das glaub ich kaum, Feni. Marion macht es nichts aus, wenn man ihr Fragen stellt.«

»Macht's dir was aus?«

»Natürlich nicht.«

»Früher aber doch. Bevor du aufgehört hast zu trinken.«

Mama legte das Salatbesteck hin und sah mich an. »Mein Leben teilt sich in zwei Hälften, Feni – in die Zeit, als ich noch getrunken habe, und die Zeit, nachdem ich aufgehört habe damit. Alles, was ich getan habe, als ich noch getrunken hab, tut mir Leid . . .«

»Ich werde immer noch wütend, wenn ich dran denke.«

»Das solltest du auch.«

»Bereust du es, dass du gesagt hast, Rebecca könnte bei uns bleiben? Ich schon.«

»Nein, ich bereue es nicht und ich weiß nicht, warum du es tust.«

»Sie ist so unhöflich und grob, Mama. Und sie benimmt sich, als hätte sie noch nie irgendwas Schönes gehabt.«

»Das ist auch wirklich ungewohnt für sie, Feni.«

»Dann sollte ihre Familie mal ein paar schöne Sachen für sie anschaffen. Damit sie sich dran gewöhnen kann und nicht völlig aus der Fassung gerät, wenn sie zu Leuten kommt, die schöne Dinge haben!«

»Ihre Familie hat kein Geld dafür, Feni.«

»Dann sollen sie sich eben welches besorgen.«

»Woher denn?«, fragte Mama allzu geduldig.

»Irgendwoher . . .«

Als Marion mit Rebecca aus der Küche kam,

trug Rebecca die blaue Jacke über einem Rollkragenpullover. Erst als Rebecca Mama ansah und ihr dankbar zulächelte, wurde mir klar: Wir waren Rebeccas »Irgendwoher«.

10

Ich bin wirklich dankbar, dass ich hier wohnen darf«, sagte Rebecca beim Abendessen zu Mama. »Das Haus hier ist sehr schön.« Es klang so, als hätte sie die Worte tausendmal geprobt. Ich schnitt eine Grimasse und stocherte schweigend in meinem Tofu herum. Unter dem Berg von Barbecuesoße schmeckte er gummiartig und fad. Mama und Marion nahmen winzige Bissen und kauten sie langsam.

»Ich bin froh, dass du hier bist«, sagte Mama. »In diesem leeren Haus können wir ein bisschen Gesellschaft brauchen.«

»Wie weit ist es zum Arzt von hier aus?«, fragte Rebecca.

Marion wischte sich den Mund ab und trank einen Schluck Wasser. »Ich habe eine Ärztin in der Berkeley Street gefunden. Sie klingt sehr nett. Ich habe einen Termin für Mittwoch ausgemacht. Ich hatte gehofft, dass ich dich hinbringen könnte oder dass Catherine Zeit hat, aber mein Tag ist knallvoll.« Sie sah Mama an. »Bei dir sieht's auch nicht besser aus, stimmt's?«

»Nicht am Mittwoch«, sagte Mama. »Bis um halb fünf habe ich Besprechungen. Und dann feiert einer von unserer Gruppe neunzig Tage Nüchternsein, da möchte ich hingehen.«

Vor ein paar Jahren haben Mama und Marion

aufgehört zu trinken und angefangen zu den Anonymen Alkoholikern zu gehen. Bei den Meetings helfen die Leute sich gegenseitig, die Finger vom Alkohol zu lassen und »einen Tag nach dem anderen« zu überstehen. Mama bekommt manchmal Angst und glaubt, wenn alles zu schwierig wird, wird sie vielleicht wieder anfangen zu trinken. Bei den Gruppentreffen sitzen die Leute in einem großen Kreis und einer sagt zum Beispiel: »Mein Name ist Joe S., ich bin Alkoholiker.« Dann antworten alle: »Hallo, Joe«, und Joe fühlt sich freundlich aufgenommen. Mama hat geweint, als sie das Wort »Alkoholikerin« das erste Mal ausgesprochen hat, das hat sie mir später erzählt. Sie hatte sich vorher noch nie so bezeichnet und das Wort war für sie wie ein Fluch.

»Ja, tu das nur«, sagte Marion und schob ihren Tofu in der Barbecuesoße herum. »Aber Bernadette hat am Mittwoch Zeit. Sie könnte mit dir hingehen, Rebecca.«

»Hat sie denn keine Schule?«

Marion schüttelte den Kopf. »Sie nimmt Mittwoch und Donnerstag frei.«

»Als ich sie als Lehrerin hatte, hat sie sich nie einen Tag freigenommen.«

»Und das ist dir ziemlich gut bekommen, Feni«, sagte Marion lachend.

»Ist Bernadette so alt wie ich?«, fragte Rebecca.

Mama und Marion tauschten einen Blick. »Das wär sie gern«, sagte Marion. »Bernadette ist meine Freundin. Wir sind jetzt seit acht Jahren zusammen.«

»Lieber Gott, ich bin umzingelt«, murmelte Rebecca. »Ist das der einzige Termin, der zu bekommen war?«

»Es ist der früheste«, antwortete Marion. »Dr. Greenberg hat gesagt, ansonsten ginge es erst wieder in ein paar Wochen, und da du ja schon im letzten Drittel bist, Rebecca, müssen wir sehen, dass du mit Geburtsvorbereitungskursen anfängst. Catherine und ich werden dich abwechselnd begleiten.«

Rebecca nickte und fragte: »Was heißt ›neunzig Tage Nüchternsein‹?«

»Marion und ich trinken nicht«, sagte Marion und erklärte Rebecca die Anonymen Alkoholiker.

»Noch irgendwelche Fragen? Zum Beispiel, wie viel wir wiegen? Oder wie oft wir aufs Klo gehen?«

»Das reicht, Feni«, sagte Mama scharf.

Unter dem Tisch trat mich Rebecca gegen das Schienbein.

Ich trat zurück und brachte den Tisch zum Wackeln. Mama und Marion sahen einander an und sagten nichts.

»Clair hat erwähnt, dass du das Baby zur Adoption freigeben willst«, sagte Mama. »Kennst du das Ehepaar?«

»Ich werd sie kennen lernen. Sie kommen irgendwann demnächst hierher. Ich weiß nur, dass sie keine Kinder haben können und dass sie ein

Baby wollen, also werden sie meins adoptieren. Ich wollte es erst nicht. Aber ich und Mama haben drüber geredet.«

»Adoption ist eine gute Sache«, sagte Mama. »Ich meine, wenn du dir sicher bist, dass du es so willst.«

Rebecca zuckte mit den Schultern. »Ich weiß nicht. Was soll's auch? Ich kann ja noch mehr Babys kriegen. Ich hasse es nur, wie die Leute damit umgehen. Man hat das Gefühl, als wär noch niemand auf der Welt mit fünfzehn schwanger geworden. Meine Großmutter hat ihr erstes Kind mit fünfzehn gekriegt. Und *ihre* Großmutter war dreizehn. Aber mich glotzen alle Leute an und flüstern hinter meinem Rücken. Die können mich mal.«

»Egal, was du tust, es wird immer drüber geredet«, sagte Marion. »Kümmer dich nicht darum, was die Leute sagen. Kümmer dich nur um dich selbst.«

Rebecca blickte sie lange an, bevor sie zu lächeln begann. »Ihr findet es alle nicht richtig, stimmt's? Ich meine, dass ich schwanger geworden bin.«

Marion warf Mama einen Blick zu und wandte sich dann wieder an Rebecca. »Na, es ist bestimmt nicht gerade der beste Zeitpunkt, meinst du nicht auch? Clair ist krank und du bist noch in der Highschool. Später wäre entschieden besser gewesen.«

»Wir sind nicht hier um über Rebecca zu urteilen«, sagte Mama.

»Warum seid ihr dann überhaupt da? Warum lasst ihr mich hier bei euch sein? Feni jedenfalls will mich in diesem Haus nicht haben.«

»Lass mich da raus«, sagte ich.

»Na, du willst es doch nicht, oder?«

»Würdest du mich in *eurem* Haus wollen?«

»Ist ’n freies Land.«

»Wir sind für dich da«, unterbrach sie Marion, »weil wir haben, was du brauchst, damit du das alles gut durchstehst. Hier gibt es viel Platz und auch Ruhe, meistens wenigstens. Und obwohl allem Anschein nach keine von uns beiden in der Lage ist, am Mittwoch mit dir zu dieser Ärztin zu gehen, haben wir trotzdem Zeit für dich und können dafür sorgen, dass es dir gut geht.«

»Außerdem sind wir für dich da«, fügte Mama hinzu, »weil wir sichergehen wollen, dass du nicht zu viel Unterricht versäumst, die Schule zu Ende bringen kannst und eine Chance bekommst, etwas aus dir zu machen, bevor du irgendwann wirklich eine Familie gründest. Du bist ein kluges Mädchen, Rebecca. Wir wollen nicht, dass du unter die Räder kommst. Wir werden es nicht zulassen.«

»Und«, fuhr Marion fort, »wir sind hier, weil wir Clairs Freundinnen sind.«

»Freunde tun solche Sachen nicht füreinander«, sagte Rebecca.

Marion spießte ein winziges Stückchen Tofu auf. »Diese Freunde schon«, sagte sie.

»Ich weiß, dass es nicht gerade ein günstiger

Zeitpunkt ist, sich ein Kind anhängen zu lassen. Ich will wirklich unbedingt die Schule zu Ende machen und so ...«

»Da hättest du vorher dran denken sollen«, sagte ich.

Mama hüstelte und trank einen Schluck Wasser. Rebecca warf mir einen durchdringenden Blick zu, verdrehte die Augen und steckte sich einen Klumpen Tofu in den Mund.

Wir aßen schweigend weiter. Ab und zu stellte irgendjemand Rebecca eine Frage über ihre Mutter oder über ihre Schwestern oder Brüder. So erfuhr ich brockenweise mehr über Rebeccas Zuhause.

»Wie ist es denn heutzutage so in Harlem?«, fragte Marion.

»Immer dasselbe«, sagte Rebecca vage.

»Ich war schon lange nicht mehr in Harlem, ich hab keine Ahnung, was ›immer dasselbe‹ heißt.«

»Genauso runtergekommen. Genauso arm. Genauso düster. Genauso schöne Menschen!«, murmelte Rebecca.

»Vermisst du es?«, fragte Mama.

»Ich bin doch erst einen Tag fort!«

»Werd bloß nicht unhöflich«, sagte ich.

Rebecca kaute auf ihrer Unterlippe herum und wandte sich an Marion. »Ich weiß schon, was mir am meisten fehlen wird. Es ist das, was man so sieht. Wie einmal, als ich die Hundertsechzehnte Straße runtergegangen bin. Das war im letzten Herbst, als wir diese vielen Hurrikans hatten und es immer so grau war und so viel geregnet hat. An diesem einen Tag war es kalt und bewölkt. Ich hatte gerade für Mama eine Schachtel Zigaretten gekauft und auf dem Rückweg . . .«

»Raucht Clair neuerdings?«, fragte Mama.

»Sie versucht dauernd aufzuhören. Sie hat wegen ihren Nerven angefangen zu rauchen«, sagte Rebecca. »Jedenfalls, da waren diese drei Kids und die haben auf der Treppe vor 'nem ausgebrannten Haus gesessen. Einer von ihnen hatte so 'ne Spirale – eins von diesen grünen Plastikdingern – und er hat versucht sie die Treppe runterlaufen zu lassen, so wie in der Werbung. Nur, es ging einfach nicht richtig. Sie ist immer nur eine Stufe runter und dann war wieder Schluss. Aber der Junge hat's immer wieder versucht und seine Freunde haben ihm dabei zugeguckt.«

»Der Trick funktioniert nie, bei niemandem«, sagte ich.

»Aber irgendwas daran . . . mir ist einfach was klar geworden«, sagte Rebecca. »Es hat mich auf den Gedanken gebracht, dass es eigentlich immer so läuft – nie funktionieren die Dinge so, wie sie sollen oder wie's irgendwer versprochen hat.« Wieder sah sie Marion an. »Es ist immer so. Immer dasselbe.«

Marion schüttelte nachdenklich den Kopf und berührte Rebeccas Hand. »Ich weiß, was du meinst«, sagte sie.

Mama starrte Rebecca unverwandt an. »Wenn ich dich sehe, steht Clair vor mir.«

»Ich bin aber nicht Clair. Ich bin Rebecca!«, sagte Rebecca und erwiderte Mamas Blick ohne zu blinzeln.

»Das weiß ich doch!« Mama lachte und stand vom Tisch auf. »Ich wünschte, ich könnte den Nachtisch zusammen mit euch essen, aber ich möchte versuchen es heute Abend noch zu einem Meeting zu schaffen.« Mama trug ihren Teller zum Ausguss.

»Ich glaub, ich komme mit, Catherine«, sagte Marion und durchsuchte ihre Tasche nach einer Zigarette. Sie steckte sich eine zwischen die Lippen, bevor sie aufstand.

»Im Tiefkühlschrank ist ein Kuchen. Wenn ihr ihn auf drei in die Mikrowelle tut, wird er Zimmertemperatur haben.« An der Haustür sagte Mama: »Sieh zu, dass die Küche aufgeräumt ist, Feni. Ich sehe euch beide später noch.«

»Und ich vielleicht morgen Abend«, sagte Marion. Sie zog ihren Mantel an und die beiden verschwanden zur Tür hinaus.

»Deine Mom ist wirklich hübsch. Sie hat so eine schöne Haut. Sie kriegt wahrscheinlich nie einen Pickel.« Rebecca strich mit ihren Fingern leicht über ihre Stirn. »Marion ist auch nett. Ich dachte, sie wär 'n riesiges, fürchterliches Mannweib auf 'nem Motorrad oder so was.«

»Sie hat ein Motorrad.«

Ich stand auf und begann achtlos das Geschirr in die Spülmaschine zu stellen. Rebecca nahm sich einen letzten Bissen Tofu, dann schob sie mir ihren Teller zu.

»Sie sind ja schon ganz nett, aber wenn ich die Mutter von irgendwem wär, dann würd ich mir Zeit fürs Abendessen nehmen. Die sind doch von diesem Tisch abgehauen wie Fledermäuse aus der Hölle.«

»Sie wollen eben gut sein in ihrem Beruf. Mama arbeitet hart, damit wir zurechtkommen.«

»Du klingst wie 'n Tonband«, sagte Rebecca. »Und überhaupt, im Geldverdienen seid ihr ja wohl ziemlich gut. Wie viele Zimmer hat das Haus? Fünf? Sechs?«

»Na ja, sie hat nun mal ihren Beruf«, sagte ich.

»Na ja, sie hat auch 'ne Tochter!«

Ich tat Pulver in die Spülmaschine und schloss die Klappe. »Das geht dich nichts an und außerdem ist es mir egal. Ich bin gern allein.«

Rebecca lehnte sich zurück. »Mit Tofu zu kochen muss sie noch üben. Tofu schmeckt wirklich gut, wenn man weiß, wie's gemacht wird.«

»Ich hasse den Geschmack von diesem Zeug.«

»Das ist, weil du noch nicht reif genug bist. Tofu ist was für erwachsene Menschen wie mich. So wie Wein. Wenn du älter bist, schmeckt's dir vielleicht. Das nächste Mal sagst du deiner Mutter, sie soll für dich 'nen Hotdog in die Mikrowelle schmeißen, und nur wir Frauen werden den Tofu essen.«

»Meine Mutter mag dieses zähe Zeug auch nicht. Genauso wenig wie Marion. Sie haben das meiste auf ihren Tellern liegen lassen. Es schmeckt wie Gummibänder mit Barbecuesoße.«

Rebecca senkte rasch den Kopf und starrte auf die Tischdecke.

»Es tut mir Leid«, sagte ich schnell.

»Was? Dass du nichts weißt? Du bist einfach nur irgendein reiches Kind aus 'nem Provinznest. Was weißt du denn schon?«

»Seton ist kein Provinznest. Es ist eine Kleinstadt.«

»Na, in solchen Städten lernt man auch nichts. Du hockst hochnäsig in deiner Villa rum und redest mit keinem. Du bist sowieso nur ein kleines Mädchen. Ist mir ganz egal, was du so vor dich hinplapperst.«

»Das hier ist keine Villa«, sagte ich und drehte das Geschirrtuch zwischen meinen Händen. »Es ist nur ein Haus. Und es ist unser Haus, du bist in unserem Haus.«

»Als ob ich mir das ausgesucht hätte! Ich hasse dieses Haus. Ich hasse Seton. Und ich hasse dich und die widerliche Art, wie deine Mutter Tofu kocht.« Sie stand vom Tisch auf und ging langsam auf die Treppe zu. »Ich wollte nie hierher kommen. Ich wollte bleiben, wo ich war, und das Baby dort bekommen. Aber meine bescheuerte Mutter glaubt, wir sind im neunzehnten Jahrhundert und die Leute sollen nicht mitkriegen, dass ich angebumst worden bin. Bin ich aber nun mal, also sollten lieber alle den Tatsachen ins Auge sehen. Und ich bin nicht irgend so 'n Straßenkind, das von einer reichen Familie aufgenommen werden muss. Ich hab meine eigene Familie und meine eigenen Freunde und ich hab's nicht nötig, den ganzen Weg von zu Hause hierher zu machen, um irgend'ner Elf- oder Zwölfjährigen, die ihren Hals nicht von ihrem Ellbogen unterscheiden kann, zu zeigen, wie die Wirklichkeit aussieht.« Sie stampfte die Treppe hoch.

11

Das Zimmer war dunkel und ruhig, als ich nach oben kam. Rebecca lag viel zu still da um wirklich zu schlafen und so zog ich die Vorhänge auf. Hinter den Bäumen leuchtete der Vollmond. Ich sah ihn lange an. Mir gefiel es, wie die nackten Zweige in sein blasses Weiß emporragten.

»Fang bloß nicht an mit mir über irgendwas zu reden«, sagte Rebecca heiser. Sie hatte geweint.

»Ich will ja gar nicht mit dir reden.« Ich ging hinüber zu meinem eigenen Bett und begann mich auszuziehen. »Ich mag nur einfach nicht, wie du in unser Haus kommst und meinst, du kannst über alles bestimmen.«

Rebecca drehte sich auf die Seite und zog die Knie bis zu ihrem Bauch hoch. »Dieses Haus ist mir ganz egal, Feni«, sagte sie leise. »Du und deine Mutter, ihr seid mir auch egal. Wenn's nach mir ginge, dann wär ich schon wieder in New York bei meinen Brüdern und Schwestern. Ich wär schon wieder mit meinem Freund zusammen und mit den anderen Leuten, die ich kenne. Ich hab viele Freunde. Und ich vermisse sie. Sie werden mir hierher schreiben. Wart nur ab. Ich werd jeden Tag Post bekommen. Meine Freunde haben jede Menge Geld für Briefmarken und Umschläge und das ganze Zeug. Sie haben super Autos mit riesigen eingebauten Lautsprechern.«

»Du redest immer nur über Geld und darüber, was die Leute alles haben.« Ich schlüpfte unter die Decke und verschränkte die Hände hinter dem Kopf.

»Das ist es ja auch, was zählt. Je mehr Geld du hast, desto mehr Macht hast du auch. Du kannst alles Mögliche machen, wenn du viel Geld hast.«

»Zum Beispiel?«

»Als ob du das nicht wüsstest! Deine Familie hat Kohle, also komm mir nicht mit ›zum Beispiel‹. Ihr könnt teure Reisen machen und Häuser kaufen und Familien ernähren. Wenn du aber kein Geld hast oder wenn du deinen Job aufgeben musst, wie meine Mutter, als sie krank geworden ist, dann musst du dir Geld von der Stadt geben lassen um deine vielen Babys durchzufüttern und danach haben sie vielleicht immer noch Hunger. Außerdem mag dich jeder, wenn du Geld hast. Jeder will mit dir befreundet sein.«

»Viel Geld zu haben bedeutet noch lange nicht, dass man auch viele Freunde hat.«

»Na, bei dir vielleicht nicht, weil du der Typ bist, dem die Leute nicht gern zu nah kommen. Meine Freundin Cloe war wie du. Sie hat fast nie mit irgendwem gesprochen. Sie hat immer alles für sich behalten.«

»Was ist mit ihr passiert?«

»Sie ist blöd im Kopf geworden und ausgecrackt.«

»Ausgecrackt?«

Rebecca sah mich an, den Mund leicht geöffnet. »Crack, Feni! C-r-a-c-k. Das ist dieses weiße Zeug, das du in einem kleinen Glasding kaufst und rauchst. Schon mal davon gehört?«

»Ich weiß, was Crack ist. Ich wusste nur nicht, dass man so über jemanden redet, der es nimmt.«

»Dann sei froh, dass du's endlich mal lernst«, sagte Rebecca. »Mein Gott! Du weißt wohl wirklich gar nichts von der Welt!«

»Ach, halt's Maul!«

»Na, was soll's«, fuhr Rebecca fort. »Cloe hat jedenfalls am Ende den Verstand verloren.«

»Wie alt war sie?«, fragte ich und konnte mir nicht vorstellen, dass jemand in unserem Alter so was Dummes tun würde.

»Fünfzehn, wie ich. Der einzige Unterschied zwischen mir und Cloe ist, dass sie blöd im Kopf geworden ist bei dem Versuch, diese bösen Geister in ihrem Kopf loszuwerden. Richtig blöde.«

»Na, ich hab jedenfalls keine Geister in meinem Kopf.«

»Aber du hast Mauern um dich rumgebaut. Das ist genauso schlimm. Irgendwann kommt der Tag, an dem du sie einreißen willst, Stein für Stein – und dann merkst du, dass der Zement ganz hart geworden ist. Und was machst du dann?«

»Ich weiß gar nicht, wovon du redest. Diese Mauern sind ungefähr so wirklich wie die Puppen, von denen du erzählt hast – die angeblich geredet haben. Du denkst vielleicht, du weißt 'ne Menge, aber das gibt's alles nur in deiner Fantasie.«

»Ich hab nie behauptet, dass ich 'ne Menge weiß. Aber wenn du's sagst, muss es wohl stimmen. Ich weiß zum Beispiel, dass du mich alles Mögliche über das Baby fragen willst, aber du traust dich nicht vor lauter Höflichkeit. Reiche Leute fragen niemanden aus, stimmt's? Sie warten, bis ihnen die Informationen serviert werden.«

»Mir ist deine Schwangerschaft völlig egal.«

»Nein, das ist eine Lüge. Ich hab gesehen, wie du meinen Bauch angeguckt hast, als ich aus dem Auto gestiegen bin. Und beim Abendessen hast du mich die ganze Zeit angestarrt.«

Ich sagte gar nichts. Es war kaum zu glauben, aber sie hatte tatsächlich Recht.

»Na los, frag mich. Wir müssen die nächsten drei Monate zusammenleben, also kannst du's genauso gut gleich loswerden.«

»Ich hab dir doch gesagt, es ist mir egal«, sagte ich und merkte, dass sich mein Kopf mit tausend Fragen füllte. Ich wollte wissen, wie es passiert war, wie sie schwanger geworden war. Ich wollte wissen, wo sie und ihr Freund es getan hatten und wie oft.

»Du willst wissen, ob's ein Junge oder ein Mädchen ist, stimmt's?« Ohne abzuwarten sprach sie weiter: »Es ist ein Junge.«

»Woher weißt du das?«

»Na ja, ich hab mir nicht sagen lassen, was es ist, weil ich das Kind ja sowieso nicht behalten kann, aber –«

»Warum behältst du es nicht einfach doch?«

»Siehst du, ich wusste, dass du's wissen willst.« Sie freute sich diebisch.

»Du wolltest es mir ja sowieso grade erzählen, also red schon weiter.«

»Ich will nicht wie meine Mom sein. Sie musste wegen mir von der Schule abgehen. Und alle ihre Freunde haben weiter dieses coole Zeugs gemacht, wie deine Mom und Marion. Am Anfang, als ich gemerkt hab, dass ich schwanger bin, wollte ich das Kind behalten. Aber ich kann ja später immer noch welche haben«, sagte sie und zupfte an den Bommeln ihres Bettüberwurfs. »Jedenfalls, die Roberts', das ist dieses Paar, das keine Kinder kriegen kann, die sind reich wie ihr alle, also wird er glücklich sein.«

»Nur weil man reich ist, ist man noch lange nicht glücklich«, sagte ich.

»Dann tausch das Bett mit mir.«

»Was?«

»Tausch das Bett mit mir. Du hast dieses große Bett mit der weichen Matratze. Ich weiß es, ich hab mich mal zur Probe draufgelegt. Dein ganzes Leben muss bis jetzt so gewesen sein, stimmt's? Viel Geld und immer ein weiches Bett.«

»Du bist verrückt!«

»Siehst du, ich wusste, dass du egoistisch bist.

Ich komm hier zu euch und bin schwanger und du willst mir noch nicht mal für eine einzige Nacht dein Bett geben.«

»Dann nimm's doch!«, sagte ich, raffte meine Kissen zusammen und ging zu der Seite hinüber, wo Rebecca lag. »Bekommst du auf diese Weise immer deinen Willen – indem du manipulierst?«

Rebecca nahm ihr Kissen und machte sich auf den Weg zu meinem Bett. »Manipu – was?«

»Schlag's doch nach!«, sagte ich, legte mich auf das Klappbett und drehte mich von ihr weg.

»Was immer es auch ist«, flüsterte sie, »es funktioniert!«

In der Dunkelheit zeigte ich Rebecca den Finger und schloss meine Augen.

12

Weißt du, was Lesben miteinander machen?«, flüsterte Rebecca laut. Sie war jetzt dem Fenster am nächsten und ich musste über die Umrisse ihres Bauches hinwegschauen, wenn ich in die Nacht hinaussehen wollte. Der Mansardengeruch der Matratze umwehte mich.

Unten hörte ich Mamas Schlüssel in der Tür, dann das Geräusch ihrer Absätze, als sie in ihr Zimmer ging.

»Es ist mir ganz egal«, sagte ich.

»Weißt du denn, was man *überhaupt* miteinander macht?«

»Das ist mir auch egal.«

»Warst du schon mal mit einem Jungen zusammen?«

»Du bist so verdammt neugierig. Warum schläfst du nicht schon längst? Ist dein Baby noch nicht müde?«

»Ist dir wohl peinlich, drüber zu reden.«

»Ich will nicht mit *dir* drüber reden. Wenn überhaupt, dann würd ich so was mit Caesar bereden.«

»Wer ist Caesar? Dein Freund?«

»Caesar ist ein Mädchen. Sie ist meine beste Freundin.«

»Wer um Himmels willen nennt denn seine Tochter Caesar? Das ist doch ein Jungenname.

Wo nehmen reiche Leute bloß immer diese verrückten Namen her ... Feni, Caesar ...«

»Sie ist nach jemandem benannt worden, der irgendwann vor ewigen Zeiten gelebt hat. Ihr Daddy hat gesagt, es ist ein starker, guter Name. Sie hat ihn bekommen, damit sie stark wird, wenn sie erwachsen ist.«

»Ich möchte sie kennen lernen«, sagte Rebecca.

»Das wirst du nicht.«

»Warum nicht? Ist es dir peinlich, dass ein schwangeres Mädchen in eurem Haus wohnt?«

»Nein. Caesar kommt nur nicht hierher, das ist alles.«

»Ich wette, dass sie kommt, wenn sie das mit mir erfährt.«

»Du kannst drauf wetten, dass sie's nicht erfahren wird.«

»Ha!«, machte Rebecca selbstgefällig.

Ich drehte mich von ihr weg und kam auf das ursprüngliche Thema zurück. »Ich weiß, was Marion und Bernadette miteinander machen. Sie lieben sich.«

»Bernadette ist die Frau, die mit mir zu der Ärztin geht, stimmt's?«

»Ja. Sie wird dir auch Unterricht geben.«

»Ist Seton wie Greenwich Village oder so?«

»Was ist Greenwich Village?«

»Das ist 'ne Gegend in New York, wo's viele Schwule gibt.«

»Es gibt überall Schwule.«

»Na, ich hab hier an einem Tag mehr getroffen als in New York in meinem ganzen Leben!«

»Und du meinst, *ich* wäre behütet ...«

Rebecca schwieg einen Moment lang. »Du glaubst also, dass sie sich wirklich lieben?«

»Sie lieben sich mehr als meine Mutter und mein Vater. Marion und Bernadette leben immer noch miteinander.«

»Warst du schon mal mit einem Jungen zusammen?«, fragte sie wieder.

»Nein.«

»Warum nicht?«

»Ich will es nicht!«

»Warst du schon mal mit einem Mädchen zusammen?«

»Nein.«

»Warum nicht?«

»Derselbe Grund. Ich bin zwölf! Das ist doch kein Wettrennen!«

»Hat ja keiner gesagt, dass es ein Wettrennen ist. Ich hab mich nur gefragt. Findest du, dass ich frühreif bin oder so?«

»Das hast du gesagt. Ich nicht.«

»Findest du, dass ich's nicht hätte tun sollen?«

»Ich kenne dich doch gar nicht. Es ist mir egal, was du machst.«

»Ich glaub, ich hätt besser nicht schwanger werden sollen. Ich hab Angst, weißt du. Angst, dieses Baby zu kriegen.«

Draußen vor dem Fenster pfiff der Wind und rüttelte an der Scheibe. Rebecca bewegte sich und der Bettrost quietschte.

Als meine Großmutter ein Teenager war, wurde ihre beste Freundin schwanger. Sie versteckte die Schwangerschaft vor allen, bis es für das Baby Zeit war, zur Welt zu kommen. In der Nacht, als das Baby geboren wurde, war Großmama bei ihrer Freundin. Aber Großmama hat gesagt, weil ihre Freundin so jung war, hätte es eine Menge Probleme gegeben. Und das Baby ist gestorben. Ich wusste, wovor Rebecca sich fürchtete.

13

Am nächsten Morgen erwachte ich von Rebeccas Stimme, die von der Diele heraufklang, und setzte mich in meinem Bett auf.

»Ich möchte ein R-Gespräch anmelden. Ich heiße Rebecca.«

Sie hatte noch nicht mal gefragt, ob sie unser Telefon benutzen durfte!

»Danny! Hier ist Rebecca! Nimm das Gespräch an ... Danny!«

Ich hörte, wie Rebecca den Hörer auf die Gabel knallte, ihn aber sofort wieder aufnahm und wählte. »Ein R-Gespräch ... Rebecca. Nimm das Gespräch an ... Danny!«

Wieder knallte der Hörer auf die Gabel und wieder hörte ich Rebecca wählen.

»Danny!«, weinte sie. »Was ist los mit dir, Mann!«

Dann war sie einen Moment lang still.

»Das ist mir doch egal, was deine Mama über die Telefonrechnung sagt. Sag deiner bescheuerten Schwester, sie soll mit diesen ewigen Hundert-Dollar-Gesprächen aufhören. Jetzt schulde ich diesen Leuten hier Geld für ihre Telefonrechnung und ich hab doch keins.« Sie schluckte schwer. »Jaja. Genau wie du mir alles andere schickst. Genau wie wir von zu Hause abhauen und dieses Baby behalten werden. Jetzt sitz ich hier im Haus von diesen Leuten rum und ... Danny! Du solltest dieses Haus mal sehen. Sie haben solche neuartigen Wasserhähne, wo nur ein so'n Ding dran ist, und das dreht man nach links für heißes Wasser und nach rechts für kaltes. Und sie haben *zwei* Badezimmer! Und weißt du was? Sie haben auch so'n Ledersofa, von dem du gesagt hast, dass wir es kaufen, wenn du alles auf die Reihe gekriegt hast. Die sind reich, sag ich dir!« Sie lauschte eine Weile.

»Die ist okay. Sie ist so elf oder zwölf, aber sie benimmt sich wie ein kleines Kind. Ich glaub, sie weiß noch nicht mal, woher die Babys kommen. Ihre Mutter ist nett, aber das Mädchen macht nicht den Eindruck, als hätte sie irgendwelche Freunde. Sie tut mir Leid.«

»Ich?«, stieß ich laut hervor und setzte mich kerzengerade im Bett auf. *Sie* war doch diejenige, mit der man Mitleid haben musste.

»Ihr Alter hat sich verdrückt. Er ist irgendwo hingegangen und hat noch mal von vorn angefangen. Du weißt ja, wie das so ist.«

Unsere Angelegenheiten einem Fremden zu erzählen! Ich sprang aus dem Bett und stürzte zur Tür.

»Sie ist ganz hübsch, weißt du, auf diese unschuldige Art. Aber ich glaub, sie hat ihre boshaften Anwandlungen, deshalb komm ich ihr lieber nicht zu sehr in die Quere.«

Die Hand an der Türklinke hielt ich inne.

»Die Mutter sieht auch gut aus. Wie geht's

meiner Alten? Alles okay? Bist du mal bei ihr vorbeigegangen?« Wieder machte Rebecca eine Pause.

»Das ist lieb von dir. Ich vermisse dich, Danny. Pass auf meine Schwestern auf und auch auf meine Brüder. Ich geb dir die Nummer hier. Die Leute scheinen ziemlich cool zu sein, aber ruf mich lieber tagsüber an, wenn die Mutter arbeitet.«

Sie gab ihm die Nummer, hängte ein und wählte von neuem.

»R-Gespräch für Clair von Rebecca ... Danke.«

Während sie wartete, pfiff sie ein paar krumme Töne vor sich hin. Es klang, als könnte sie es nie im Leben lernen, anständig zu pfeifen.

»Hallo, Mama. Wie geht's dir? – Bei mir ist alles in Ordnung. – Hmmm, sie sind okay. – Ja, Mama, ich hab mich bedankt. Ich versprech's. – Nimmst du deine Beruhigungsmittel? Läuft Dions Nase immer noch? – Das ist gut. Mama ... Sag allen, dass sie mir so fehlen, okay? Sag ihnen, dass ich bald nach Hause komme. – Pass du auch auf dich auf. Du fehlst mir am allermeisten.« Rebecca schniefte und hängte ein.

Ich lehnte an der Tür und seufzte. Ich kannte mich mit meinen Gefühlen nicht mehr aus. Ich hatte noch nie jemanden so sehr gehasst und gleichzeitig so viel Mitleid mit ihm gehabt.

Als ich hörte, wie die Badezimmertür geschlossen wurde, öffnete ich meine Zimmertür und stürzte die Treppe hinunter. Mama war vor zwei Stunden zur Arbeit gegangen. Sie hatte einen Zettel für mich und einen für Rebecca hinterlassen. Auf meinem stand: *Feni – geh pünktlich zur Schule. Hier ist Geld fürs Mittagessen. Einen schönen Tag.* Daneben lag ein Fünfdollarschein. Ich steckte das Geld in die Tasche meines Bademantels und knüllte den Zettel zusammen. Auf Rebeccas Zettel stand, wie man den Mikrowellenherd benutzte und was alles im Kühlschrank war. Neben ihrem Zettel lag kein Geld.

Rebecca kam herunter, als ich gerade Cornflakes in eine Schale schüttete. Ihre Augen waren rot gerändert vom Weinen. Ihr Bauch wölbte sich unter ihrem T-Shirt hervor und zu beiden Seiten des Bauchnabels waren hellbraune Streifen zu sehen.

»Du glotzt mich schon wieder an«, sagte sie trocken. Ich senkte den Kopf und sie stellte den Teekessel auf den Herd und zündete die Gasflamme darunter an.

»Wie weit ist deine Schule weg?«

»Ungefähr fünf Häuserblocks von hier. Warum?«

»Bis zu welcher Klasse geht sie?«

»Warum willst du das wissen?«

»Großer Gott, kann ich nicht mal eine einzige Frage stellen, ohne dass du mir mit deinem ewigen ›Warum‹ den letzten Nerv raubst?«

Ich begann schweigend meine Cornflakes zu löffeln.

»Ich will es einfach nur wissen, Feni. Nur so, ohne besonderen Grund. Ist das besser?«

»Geht bis zur zwölften.«

Rebecca nickte und durchsuchte den Küchenschrank.

»Tee ist in der Blechdose auf der Theke. Wir trinken keinen Kaffee.«

»Tja«, meinte sie nachdenklich, nahm eine Tasse vom Becherbord und goss heißes Wasser hinein. »Ich war in der neunten, als diese bescheuerte Schule mich im hohen Bogen rausgeworfen hat. Als man's gesehen hat, hat mich der Direktor, dieser Schlaumeier, in sein Büro gerufen.« Sie drehte sich wieder zu mir um, lehnte sich gegen die Theke und verschränkte die Arme über ihrem Bauch. »›Nun, Rebecca‹«, sagte sie mit tiefer Stimme, »›mir scheint, als hättest du dich ein wenig in Schwierigkeiten gebracht.‹ Nachdem er fertig war mit dem ganzen Mist, wollte ich sowieso nicht mehr weiter in diese Schule gehen, auch wenn sie mich nicht rausgeworfen hätten.«

»Aber du gehst doch später wieder zur Schule, oder?«

»Natürlich.«

»Dann ist es gut, dass Bernadette dich unterrichten wird.«

»Dann ist es gut, dass Bernadette dich unterrichten wird«, äffte Rebecca mich nach. »Du bist 'ne Nervensäge.«

»Und du erst recht.«

»Aber du hast wunderschöne Augen. Hat dir das schon mal jemand gesagt?«

Ich errötete. »Nein.«

»Na, hast du jedenfalls. Du hast, was man einen ›Schlafzimmerblick‹ nennt. Weißt du, was das heißt?«

Ich schüttelte den Kopf.

Sie lachte ihr überlegenes Lachen und machte den Tee fertig. Als sie sich mir wieder zuwandte, hatte ich meine wunderschönen Augen zu zwei Schlitzen verengt.

»Oha! Ich wusste, dass du boshaft bist. Sieh nur, wie du mich jetzt anschaust. Du könntest mit ziemlicher Sicherheit jemanden umbringen. Wie kommt es, dass du so boshaft bist?«

»Ich bin nicht boshaft.«

»Was geht eigentlich in deinem Kopf vor, wenn du hier im Haus rumschleichst, leise wie 'ne Schlange, und mit niemand ein Wort redest?«

»Nichts.«

»Du denkst böse Gedanken! Das ist es, was du tust.«

Ich verdrehte die Augen und schlürfte die Milch aus meiner Schale – Mama konnte es nicht ausstehen, wenn ich das machte. Was für ein Recht hatte Rebecca eigentlich, in unser Haus zu kommen und mir zu erzählen, was ich angeblich dachte?

»Deine Mama hat gesagt, nachdem deine Großmutter gestorben ist, hast du dich total verkrochen und mit niemand mehr geredet.«

»Das hat dir meine Mutter nicht erzählt!«

»Klar hat sie. Im Auto auf dem Weg vom Flughafen hierher hat sie gesagt, dass sie dich zu irgend so ’nem Spezialisten gebracht hat, und der meinte bloß, dass mit deinem Mund alles in Ordnung ist. Und als die Leute aufgehört haben sich Sorgen um dich zu machen, hast du wieder angefangen zu reden. Warum hast du einfach aufgehört zu sprechen und deine Mama verrückt gemacht?«

»*Deine* Mutter ist verrückt, meine nicht.«

Ein Schatten glitt über Rebeccas Gesicht. Sie schwenkte den Tee in ihrer Tasse ohne ein Wort zu sagen. Einen Augenblick später redete sie weiter, als ob ich nichts gesagt hätte. »Wenn ich alles hätte, was du hast, dann würd ich in einer Tour vor mich hinquatschen.«

»Was hab ich denn alles?«, schrie ich und knallte meine Schale auf den Tisch. Rebecca schrak zusammen, dann setzte sie ruhig die Tasse an die Lippen und sah mich über den Rand hinweg an.

»Du kommst hier einfach in unser Haus, nimmst mir die Hälfte von meinem Zimmer weg und dann werdet ihr, du und meine Mutter und Marion, auch noch die dicksten Freunde ...« Ich lehnte mich zurück und wollte überall sein, nur nicht dort, wo ich war.

»Aha, das ist also dein Problem. Du bist eifersüchtig. Du, ich sag dir, ich will deine Mama gar nicht. Sie ist kalt. Ihr ist jeder um sie rum egal. Sie denkt, das Leben wär nichts als ein Haufen von kleinen Zetteln und Meetings. Sie denkt, es ist Zeitverschwendung, sich um das Abendessen zu kümmern. Wenn ich überhaupt irgend'ne Mutter brauch, dann höchstens meine verrückte Mom in Manhattan. Die hat mich nämlich lieb. Und ich werd mein Baby bestimmt nicht irgendeiner Familie geben, die es nicht lieben wird. Ich weiß, dass sie es lieben werden! Ich würd niemals ein Kind kriegen, das ich nicht lieben kann. Und das hat deine Mutter gemacht, stimmt's? Ist losgegangen und hat ein Kind gekriegt, das sie nicht mal wollte und für das sie eigentlich gar nicht richtig da ist. Wenn ich du wär, würd ich sofort meinen Daddy anrufen und sagen: ›Komm und hol mich, hier gibt's keine Liebe für mich!‹«

»Wenn sie wirklich so wäre, hätte sie dann etwa dich, ein schwangeres Mädchen, aufgenommen? Nein! Meine Mutter ist stark! Sie ist ruhig und stark. Und du – du bist so dumm, du hast ja gar keine Ahnung, was Liebe ist.«

Ich verließ die Küche, während sie noch über meine schlaue Antwort nachdachte, und stolperte die Treppe hinauf in mein Zimmer. Das Letzte, was ich wollte, war, dass Rebecca mich weinen sah. Hinter mir hörte ich, wie sie geräuschvoll einen Schluck Tee nahm und schwer ihre Tasse absetzte.

14

»Ich will bei Daddy leben«, sagte ich an diesem Abend zu Mama, die an ihrem Schreibtisch saß. Ich hatte gewartet, bis das Abendessen vorüber war und Rebecca sich im Wohnzimmer vor einem Schwangerschaftsvideo von Jane Fonda ausgestreckt hatte, das Marion ihr mitgebracht hatte.

Mamas Kugelschreiber schwebte wie festgefroren in der Luft. »Wovon redest du, Feni? Du sprichst doch kaum mit deinem Vater, es ist schon schwer, dich zu überreden, dass du ihn überhaupt mal besuchst.«

»Na ja, jetzt will ich aber mit ihm sprechen und ich will bei ihm leben ... in Colorado«, stotterte ich, plötzlich nervös.

Mama starrte mich an. Dann fielen ihre Gesichtszüge in sich zusammen und sie stützte den Kopf in die Hände. »Warum, Feni? Was ist denn so falsch an unserem Leben hier?«

»Nichts, Mama. Ich – ich glaube bloß, dass ich in Colorado glücklicher wäre. Das ist alles.« Ich hatte sie schon lange nicht mehr weinen sehen. Meine Arme baumelten nutzlos an mir herunter.

»Vertragt ihr euch nicht, Rebecca und du?«

»Sie ist schon okay.«

»Wenn es dir wirklich so viel ausmacht, dass

sie in deinem Zimmer schläft, dann kann ich sie vielleicht doch im Gästezimmer unterbringen. Nur ist es da so kalt.«

»Mama, es ist nicht wegen Rebecca oder meinem Zimmer oder sonst was. Ich will einfach bei Daddy leben!« Meine Hände begannen zu schwitzen.

»Ich dachte, wir wären endlich Freunde geworden, Feni.«

Wann soll denn das passiert sein? Und überhaupt, Mütter sind doch nicht dazu da, mit einem befreundet zu sein.

»Kann ich ihn anrufen?«

Sie seufzte. Dann zog sie ihr Adressbuch hervor. Mir wurde ganz schlecht, als ich sah, wie niedergeschlagen sie war. Einen Moment lang hielt ich die Luft an, dann atmete ich aus.

»Ich hab versucht zu tun, was ich kann, um es dir hier schön zu machen«, sagte sie und blätterte langsam die Seiten durch. »Ich habe mir die Finger blutig gearbeitet, damit du alles haben konntest, was du wolltest . . .«

»Ich hab ja auch alles . . . beinah.«

Mama hielt inne. Ohne mich anzusehen fragte sie: »Was fehlt denn, Feni?«

Ich zuckte mit den Schultern, und als sie nicht zu mir aufsah, sagte ich: »Du willst mich überhaupt nicht. Du willst Karriere machen und so was. Du hast keine Zeit für eine Tochter.«

Mamas Stuhl wirbelte herum, sie streckte die Arme aus und zog mich an sich. »Jetzt hör mir mal zu, Afeni Harris. Und zwar gut!« Ihr Atem war heiß und ärgerlich an meinem Gesicht, aber ich wagte nicht zurückzuweichen. »Du weißt, dass ich in einer Familie mit sieben Kindern aufgewachsen bin! Sieben Kinder und eine Mutter. Kein Vater. Kein gar nichts! Und noch bevor ich zwölf Jahre alt war, waren drei der sieben Kinder tot. Bevor ich dreizehn war, starb meine Mutter. Ich hab getan, was ich konnte, um das, was von dieser Familie übrig geblieben war, zusammenzuhalten. Und wir haben uns niemals umarmt und geküsst und ›ich liebe dich‹ gesäuselt. Trotzdem hat jeder von uns in seinem Herzen gewusst, was die anderen gefühlt haben. Und als der Staat kam und mich von meinen drei Brüdern getrennt hat, war mir klar, dass ich sie nie wieder sehen würde, aber wir konnten alle sicher sein, dass wir einander nie vergessen würden. Sag bloß niemals, dass ich dich nicht liebe, denn auch wenn ich es nicht mit Worten zeige, dann doch auf alle Fälle mit Taten! Ich bin nicht damit aufgewachsen, über so was zu reden, und ich werd wohl jetzt auch nicht mehr damit anfangen. Aber ›ich liebe dich‹ steckt in jeder Mahlzeit, die du isst, in jedem Kleidungsstück, das du trägst, und in jedem sauberen Laken, auf dem du schläfst!«

Sie öffnete das Adressbuch und riss die Seite mit der Telefonnummer und Adresse meines Vaters heraus.

»Hier!«, sagte sie und schob mir die Seite heftig in die feuchte Handfläche. »Ruf ihn an, vielleicht sagt er ›ich liebe dich‹. Aber wenn er es tut, dann sag ihm, er soll es dir auch zeigen!« Sie ließ meine Hand los und ich ging zur Tür.

»Aber ... immer sind nur deine Sachen wichtig«, sagte ich. »Deine Arbeit und die Treffen von den Anonymen Alkoholikern und dass Rebecca hierher kommen soll. Es dreht sich immer nur darum, was du für dich tun musst.«

»Nein, Feni, da liegst du falsch. Es dreht sich genauso darum, was ich für *dich* tue. Ich hab für uns beide aufgehört zu trinken, aber besonders für dich. Ich arbeite, damit du nach der Schule niemals in irgend so ein Fastfood-Ding jobben gehen musst, damit du Tanzstunden nehmen kannst, wenn du willst, Rollschuh und Ski laufen und in die Ferien fahren und essen. Damit du schöne Sachen zum Anziehen hast, damit du in eine gute Schule gehen kannst und zu *Jack und Jill* –«

»Ich hasse *Jack und Jill.*«

»Du verstehst *Jack und Jill* bloß nicht, Feni.«

»Es ist nur ein Haufen arroganter Kids.«

»Feni, bei *Jack und Jill* geht's um Schwarze, die für sich selbst sorgen. Als all die Pfadfinderclubs für Mädchen und Jungen unsere Kinder nicht aufgenommen haben, haben wir unsere eigenen Clubs gegründet, so wie wir es immer gemacht haben.«

»Ja, aber –«

»Wir nehmen unsere Sachen selbst in die Hand und kümmern uns umeinander – darum geht's bei *Jack und Jill*, darum geht es, wenn

Rebecca hierher kommt, darum geht es auch bei der Seton-Ortsgruppe der Anonymen Alkoholiker, wo es nur schwarze Mitglieder gibt, und auch bei den schwarzen Studentenvereinigungen. Und je eher du das begreifst, desto besser.«

»Ich mag *Jack und Jill* trotzdem nicht«, murmelte ich.

»Das musst du ja auch nicht, Feni. Genauso wenig, wie du Tanzen oder Skifahren mögen musst. Ich zwinge dich ja nicht dabeizubleiben, ich will nur, dass du es ausprobierst, damit du von allen, aber auch allen Dingen, die für mich als Mädchen ganz unerreichbar waren, wenigstens eine Ahnung bekommst. Aber wenn du meinst, dass das, was ich dir gebe, nicht genug ist – na schön, dann geh und wohn bei Bernard.«

»Ich will gar nicht mehr. Es tut mir Leid.«

»Es braucht dir nicht Leid zu tun«, sagte Mama schwach. »Ich will nur, dass du weißt, dass ich dich *wirklich* liebe und dass ich dich *wirklich* hier bei mir haben will. Ich bin nur nicht die Art von Mutter, die herumläuft und es jeden Tag sagt.«

Ich ging aus dem Zimmer und blieb draußen vor der Tür stehen. Die Worte begannen langsam bei mir anzukommen; ich fühlte mich wieder besser. Jetzt ergaben sie einen Sinn für mich. Wir waren eben keine Fernsehfamilie, in der alles immer perfekt lief. Daddy war nicht mehr hier, aber das war vielleicht gar nicht so wichtig, denn wenn er mal hier war, wirkte er sowieso wie ein Fremder. Es gab nur mich und Mama und wir hatten wohl kein besonders enges Verhältnis. Der Gedanke machte mich traurig. Andere Mädchen waren ihren Müttern wirklich nah. Sie machten viel zusammen. Aber mir gefiel es, allein mit mir selbst zu sein und Gedanken zu haben, von denen niemand etwas wusste, nicht einmal Mama. Ich war durch und durch eine Einzelgängerin und vielleicht war Mama das auch. So passten wir zusammen wie zwei Teile eines Puzzlespiels – aber genauso leicht fielen wir auch auseinander.

Ich stand lange Zeit draußen vor der Tür. Dann blickte ich auf das Stück Papier in meiner Hand und zerriss es in tausend Stücke. Unbemerkt ging ich an Rebecca vorbei, die sich durch eine Übung grunzte, bei der man die Zehen berühren musste. Hinter ihrem Rücken streckte ich ihr die Zunge heraus.

15

Du musst kommen und sie kennen lernen, Caesar. Ich brauche jemand, mit dem zusammen ich sie hassen kann.«

Caesar und ich saßen beim Mittagessen in einer überfüllten Pizzeria und teilten uns eine Pizza Calzone und eine Cola. Caesars Augen leuchteten vor Aufregung.

»Ich kann nicht glauben, dass sie erst fünfzehn ist«, sagte sie. »Wie alt sieht sie denn aus?«

»Ich weiß nicht. Sie denkt, sie ist erwachsen, nur weil sie schwanger ist.«

»Kannst du dir das vorstellen?«, fragte sich Caesar laut. »Meine Mom würde mich umbringen!«

Ich biss ein großes Stück von der Calzone ab. »Weißt du was? Ich glaub nicht, dass meine Mutter ein Theater machen würde. Ich glaub nur, sie wär total enttäuscht.«

»*Deine* Mutter?«

»Caesar, du kennst sie nur von früher. Sie ist jetzt anders.«

Caesar schien ihre Zweifel zu haben.

»Seit sie aufgehört hat zu trinken, ist sie viel ruhiger geworden. Obwohl sie immer noch eine Menge arbeitet. Aber ich glaube, wenn ich schwanger wäre, würde sie sich um mich kümmern. Und Marion und Bernadette auch. Bernadette ist im Augenblick drüben bei uns um Rebecca zu unterrichten und Marion hat ihr jede Menge schöne Klamotten gekauft. Sie hat kaum was zum Anziehen gehabt, als sie hierher kam.«

»Was ist denn mit ihren ganzen Sachen passiert?«

»Mama sagt, sie hatte eigentlich nie etwas.«

»Nichts anzuziehen?«

»Ihre Familie hat kein Geld. Es ist 'n ganzer Haufen und sie leben alle zusammen in vier Zimmern.«

»Du lieber Himmel! Dann hat sie, bis sie zu euch kam, wahrscheinlich noch nie ein eigenes Zimmer gehabt.«

»Das ist das Allerschlimmste. Sie wohnt in *meinem* Zimmer. Sie ist der letzte Mensch, den ich sehe, bevor ich einschlafe, und der erste, den ich sehe, wenn ich aufwache.«

»Der reinste Horror!«

»Das Gästezimmer ist zu kalt und ich bin wütend geworden, als Mama vorgeschlagen hat sie in Großmamas Zimmer unterzubringen.«

»Ja, das ist zu heilig, vermute ich.«

»Sie ist so eine Nervensäge, Caesar. Alles, worüber sie redet, ist das Baby und Danny.«

»Wer ist Danny?«

»Ihr Freund.«

»Der Vater von dem Baby?«

»Ja.«

»Wie alt ist er?«

»Siebzehn.«

»Siebzehn! Kannst du dir das vorstellen, Feni? Ich glaub, ich würd sterben.«

»Ich glaub nicht, dass ich jemals schwanger werde.«

»Ich kann mir noch nicht mal vorstellen einen Jungen zu *küssen*, geschweige denn es bis zum Schluss durchzuziehen und die *eine* Sache zu tun!«

»Ich auch nicht. Sie haben wahrscheinlich noch nicht mal richtig gewusst, wie's geht.«

»Na, irgendwas müssen sie schon gewusst haben, denn sie ist todsicher schwanger.«

Wir kicherten und hielten uns die Hände vor den Mund.

»Afeni, kannst du dir das vorstellen? Nackt neben jemand zu liegen?«

»Ich würd mich umbringen.«

»Ich würd mich zweimal umbringen. Nicht in einer Trillion Jahren. Ich glaub noch nicht mal, dass ich es mit meinem Mann tun werde, wenn ich mal verheiratet bin.«

»Du musst, Caesar. Dafür heiratet er dich ja.«

»Na, er wird mich einfach wegen meiner Intelligenz heiraten müssen, denn ich werde mich nie, niemals vor irgendjemand ausziehen. Ich will nicht mal, dass meine Mom mich nackt sieht!«

»Ich hab Rebecca ohne Hemd gesehen«, flüsterte ich und Caesars Augen öffneten sich weit.

»Wie sieht sie aus? Hat sie ausgesehen wie – wie wir?«

»Mmmh. Alles war so geschwollen. Ihr

Bauch steht weit vor und ihre Brüste sind gigantisch.«

»Das ist wegen der Milch.«

»Das *weiß* ich.«

»War sonst noch irgendwas anders?«

Ich nickte. »Vom Hals abwärts sieht sie aus, als ob sie dreißig Jahre alt wäre. Aber dann schaust du ihr ins Gesicht und weißt, dass sie nur ein Kind ist wie wir.«

Caesar blickte auf die Calzone und schob sie dann zu mir herüber.

»Als sie mich dabei erwischt hat, wie ich sie angeguckt hab«, fuhr ich fort, »hat sie beinah einen Nervenzusammenbruch gekriegt. Sie hat angefangen zu schreien: ›Hör auf mich anzuglotzen. Andauernd glotzt du mich an!‹«

»Na, du musst sie natürlich anglotzen!«, fand Caesar.

»Ich weiß nur, je eher sie weg ist, desto besser.«

»Ich wünschte wirklich, ich könnte sie kennen lernen. Ich hab noch nie einen schwangeren Teenager gesehen.«

»Komm doch einfach rüber zu uns.«

»Ich weiß nicht, Feni.«

»Warum kommst du nicht mal irgendwann nach der Schule? Meine Mutter ist dann nicht da. Überhaupt, was damals passiert ist, tut ihr furchtbar Leid, Caesar. Sie hat sich wirklich geändert.«

»Schon möglich. Ich glaube, ich sterbe, wenn ich diese Rebecca nicht kennen lernen kann.«

»Wie wär's mit Montag?«

»Da ist Tanztee bei *Jack und Jill.*«

»An einem Montagnachmittag? Dieser Club ist so was von bescheuert. Ich bin froh, dass Mama mich nicht mehr zwingt hinzugehen.«

»Hm . . . Wie kommt es, dass du nicht mehr hingehen musst?«

»Mama hat gesagt, wenn ich jetzt, wo Rebecca da ist, direkt nach der Schule nach Hause komme, ist das okay. Was für eine Wahl – Rebecca oder *Jack und Jill.*«

»Es macht Spaß, Feni.«

»Ich hasse dieses ganze Zeug. Ich hasse es, dass jeder sein Kind in irgendeinen dämlichen Club schickt, nur damit es die richtigen Leute kennen lernt. Als ob wir die richtigen Leute nicht allein kennen lernen könnten.«

»Es wird dir gefallen, deinen Einführungsball zu haben. Dann sind wir sechzehn. Es wird alles ganz anders sein.«

»Ich werde keinen Einführungsball haben. Ich finde, das ist alles Quatsch. Da geht's doch nur darum, ein bescheuertes Kleid anzuziehen und alle deine Freunde dazu zu bringen, genauso blöd auszusehen.«

»Ich zieh gern bescheuerte Kleider an.«

»Entschuldigung.«

»Ist schon okay.«

»Dann komm am Dienstag.«

»Vielleicht. Wir gehen jetzt lieber zurück in die Schule.« Caesar biss ein letztes Mal von der Calzone ab und stand auf um ihren Mantel anzuziehen. »Hast du in der letzten Zeit mit deinem Vater gesprochen?«

»Nein«, sagte ich. Den Streit zwischen Mama und mir, den wir eine Woche zuvor gehabt hatten, erwähnte ich nicht.

»Du bist immer noch sauer, stimmt's?«

»Er ist so blöde! Wie kann man nur vergessen, wie alt die eigene Tochter ist?«

»Ja, das ist ziemlich dämlich. Fährst du irgendwann noch mal nach Colorado und besuchst ihn?«

»Nein.«

»Dort kann man gut Ski fahren.«

»Hier kann man auch gut Ski fahren. Außerdem hasse ich Skifahren.«

Schweigend gingen wir zurück zur Roper Academy. Wir nahmen uns viel Zeit, weil sich die Sonne auf unseren Gesichtern so gut anfühlte.

»Auf was für eine Art Schule geht Rebecca?«, fragte Caesar an der Tür.

»Sie ist auf eine ganz normale öffentliche Schule gegangen. Aber sie haben sie rausgeschmissen, als sie schwanger geworden ist.«

»Eine öffentliche Schule! Mein Vater sagt, die öffentlichen Schulen in New York sind wirklich schlimm. In der *Times* stand ein Artikel darüber, wie viele Kinder in diesen Schulen erschossen und verletzt worden sind.«

»Ihre Familie hat kein Geld für eine Privatschule.«

»Ich frage mich, was mit ihrem Geld passiert ist.«

»Sie haben nie welches gehabt, Caesar. Glaub es mir: Ihre Familie hat *nicht das kleinste bisschen Geld!*«

»Wow! Wer wird dann ihre Tanzstunden bezahlen?«

»Sie kann meine haben.«

16

Wer ist Janie Feedler?«, fragte Rebecca eine Woche später aus heiterem Himmel.

»Was?«

»Janie Feedler. Wer ist sie?«

Ich saß auf meinem Bett und las. Es war Samstag und Rebecca hatte den ganzen Morgen über versucht mich zu überreden, sie in Seton herumzuführen. Ich, Mama, Marion und Bernadette hatten ihr schon die Bücherei, den Bahnhof und das einzige Museum in der Stadt gezeigt, aber heute hatte ich nicht vor das Haus zu verlassen. Draußen war es unter null Grad kalt und in der Nacht war Schnee gefallen. Der wärmste Ort im Haus, gleich nach dem Heizkeller, war mein Zimmer.

»Sie ist eine Nachbarin. Warum?«

»Ich hab gehört, wie deine Mutter mit Marion telefoniert hat. Sie hat gesagt, Janie Feedler hätte gefragt, ob sie mich aus Nächstenliebe bei euch wohnen lässt.«

Ich verdrehte die Augen. »Das ist 'ne verschrobene alte Schachtel. Steckt dauernd ihre Nase in Sachen, die sie nichts angehen. Was hat Mama gesagt?«

»Sie hat ihr anscheinend erzählt, ich wär 'ne gute Freundin von dir, und da hat diese neugierige, verschrobene – was bedeutet verschroben?«

»So was wie merkwürdig oder verrückt oder so ähnlich.«

»Na, jedenfalls hat Ms. Feedler sie gefragt, ob ich irgendwelche Probleme hätte, und deine Mutter hat gesagt: ›Nein, Rebecca hat überhaupt keine Probleme.‹«

»Das hat Mama gesagt?«

Rebecca nickte. »Das ist doch stark, oder?«

»Du hättest nicht lauschen dürfen«, sagte ich kühl.

»Ich hab's zufällig *mitgehört*. Sei nicht so verschroben, Feni. Was ist Feni überhaupt für ein Name?«

»Das ist Kisuaheli«, sagte ich und wandte mich wieder meinem Buch zu. Ich war überrascht, wie schnell Rebecca von einem Thema zum nächsten springen konnte.

»Kisuaheli? Und was heißt es? Man gibt doch nicht einfach irgendwem irgend'nen Namen, nur weil's afrikanisch ist. Es muss doch was bedeuten?«

Sie lag schon die ganze Zeit auf ihrem Bett und starrte an die Decke. Ab und zu war sie zum Fenster gegangen, hatte hinausgeschaut und sich dann wieder auf ihr Bett fallen lassen. Ich fragte mich, welche Veränderung sie eigentlich draußen erwartete.

Nach einer Pause sagte ich: »Es ist eine Abkürzung für Afeni und das bedeutet ›ein lieber Mensch‹.«

»Ein lieber Mensch!« Rebecca lachte. »Ein lieber Mensch!«

»Was ist daran so komisch?«, fragte ich und schlug mein Buch mit einem Knall zu.

»Ein lieber Mensch! *Das* ist komisch! Du bist doch kein bisschen lieb!«

»Zu dir vielleicht nicht. Aber irgendwer fand mal, dass das zu mir passt. Ist mir ganz egal, was du dazu meinst!«

»Wer hat *dich* denn lieb gefunden?«, fragte sie, während sie sich wieder beruhigte. Sie stützte sich auf die Ellbogen.

»Meine Großmutter hat mir den Namen gegeben«, sagte ich und fingerte an den Seiten meines Buches herum.

»Die Großmutter, die gestorben ist?«, fragte Rebecca. Ihre Augen blitzten vor Neugier und Interesse.

Ich nickte. »Sie ist in Kalifornien ums Leben gekommen, als ich acht war.«

»Wie denn?«

Ich erzählte Rebecca die Geschichte von dem Busunfall bis in alle Einzelheiten und konnte zusehen, wie ihr Gesicht vor Entsetzen starr wurde.

»Sie fehlt mir«, flüsterte ich und spürte, wie die aufsteigenden Tränen mir die Kehle zuschnürten.

Rebecca streckte sich wieder auf ihrem Bett aus und atmete tief durch. Sie legte die Hände auf ihren dicken Bauch. »Ist sie das Mädchen in dem Bilderrahmen, den du jeden, aber auch absolut jeden Abend auf deinen Nachttisch legst?«

Ich tastete nach dem kleinen Silberrahmen in meiner hinteren Hosentasche und nickte. Dann dämmerte mir, dass Rebecca offenbar in meinen Sachen herumgeschnüffelt hatte, und ich öffnete den Mund um etwas zu sagen. Aber Rebecca redete weiter, bevor ich damit anfangen konnte.

»Das sitzt tief. Wahrscheinlich hast du deshalb diese gigantische Mauer um dich rumgebaut, mit 'nem Schild vorne dran, wo draufsteht: GEH WEG.«

»Ich weiß überhaupt nicht, wovon du redest«, sagte ich und schaute wieder in mein Buch. Da hatte ich ihr gerade von meiner Großmutter erzählt – seit ihrem Tod habe ich nie mehr mit irgendjemandem über sie gesprochen – und sie, sie redete irgendwelches Zeugs von Mauern daher.

»Komm her!«, rief sie plötzlich aufgeregt.

Ich sah zu ihr hinüber. Sie hielt ihren Bauch. »Kommt das Baby?«, fragte ich, legte mein Buch hin und stürzte zur Tür. Ich wollte Mama rufen, falls Rebecca anfing zu schreien.

»Nein!«, keuchte sie. »Ich will nur, dass du das fühlst.«

»Dass ich was fühle?« Ich ging mit kleinen Schritten zu ihrem Bett. Sie griff nach meiner Hand und presste sie gegen ihren Bauch. Irgendwas wölbte sich heraus und ich versuchte meine Hand wegzuziehen, aber Rebecca hielt sie fest.

»Da bewegt sich was!«

»Das ist das Baby! Er tritt mich! Er will bald

raus.« Rebecca lachte. »Nur keine Angst. Er beißt nicht.«

Ich entspannte mich ein wenig und fühlte, wie sich die weiche Haut auf ihrem Bauch unter meiner Hand vor und zurück bewegte.

»Er kommt für deine Großmutter«, sagte Rebecca. »Die Leute sterben um Platz für andere Leute zu machen. Jetzt, wo deine Großmutter weg ist, muss jemand anders auf die Welt kommen.«

Ich runzelte die Stirn und glaubte ihr nicht.

»Das stimmt«, sagte sie. »Babys kommen vom Himmel – sie haben nur einen ziemlich weiten Weg. Und während sie unterwegs hierher sind, machen sich die anderen Leute, die schon länger hier waren, auf den Weg nach oben.«

»So ein Quatsch«, sagte ich, stand auf und ging zu meinem Bett. Aber im Grunde meines Herzens wollte ich gerne jedes Wort glauben.

»Also brauchst du gar keine Mauern zu bauen und die Leute auszusperren, weil sowieso alles gut wird.«

»Du meinst bestimmt, du weißt 'ne Menge für 'ne Fünfzehnjährige. Aber wenn du so viel weißt, warum hast du dann selbst Probleme?«

»Ich hab's dir schon mal gesagt, das hier sind gar keine Probleme. Frag die Familie, die mein Baby nimmt, ob es ein Problem für sie ist. Und ich weiß 'ne Menge, weil ich 'ne Menge gesehen hab. In New York passiert jeden Tag was Neues. Da, wo ich lebe, gibt's 'ne Menge Drogen und 'ne Menge Tote ...«

»Hast du schon mal Drogen genommen?«

Rebecca schüttelte den Kopf. »Ich brauch das Zeug nicht. Mein Freund hat ganz schön geraucht, aber seit wir beide zusammen sind, hat er aufgehört. Aber bei mir passiert sowieso genug Zeugs, ohne dass ich mir den Verstand mit irgendwelchen Drogen kaputtmachen muss. Und außerdem, ich krieg jede Menge Liebe. Mein Freund liebt mich und meine Mama und meine Schwester und meine Brüder lieben mich. Das ist so ungefähr alles, was ich brauch, weißt du?«

»Werdet ihr heiraten, du und dein Freund?«

Rebecca lachte ihr Erwachsenenlachen. »Bist heute voller Fragen, was? Als ich hier angekommen bin, hast du nur die Augen aufgerissen und keinen Ton gesagt. Ich mag dich lieber, wenn du redest. Na ja, auf alle Fälle haben ich und mein Freund was Besseres vor als zu heiraten.«

»Was denn zum Beispiel?«

»Ach, alles Mögliche«, sagte sie. »Wir wollen 'n Haus mit Garten, Autos, tausend Sachen.«

»Warum ruft er dich denn nie an? Ich hab gehört, wie du neulich morgens am Telefon mit ihm geredet hast. Und da hast du ihm ja auch unsere Nummer gegeben.«

Sie zögerte einen Moment lang. »Er ruft an, wenn du in der Schule bist.«

Ich wusste, dass sie log, aber ich bohrte nicht weiter.

»Und überhaupt, man lauscht nicht, wenn andere Leute sich unterhalten. Das gehört sich nicht, auch wenn das hier dein Zuhause ist.«

Ich nahm mein Buch und schlug es auf der Seite mit dem Eselsohr auf. Ich starrte die Worte an ohne sie zu lesen.

»Mein Freund wird mir alles Mögliche kaufen«, sagte Rebecca. »Wenn ich wieder in Harlem bin, werden wir alle andauernd Feste feiern.«

»Genau wie dir deine Freunde andauernd schreiben werden.«

Dann entstand eine lange Pause, und als ich aufsah, starrte Rebecca wieder zum Fenster hinaus, mit geradem Rücken und bebenden Schultern. »Warum musst du dauernd auf anderen Leuten rumhacken? Und überhaupt, warum bist du eigentlich so gemein?«

17

Wir sprachen eine Woche lang nicht miteinander und Mama und Marion verloren kein Wort darüber. Stattdessen löcherten sie Rebecca mit Fragen über das Baby und mich mit Fragen über die Schule. Unsere Antworten waren einsilbig, bei den Mahlzeiten schwiegen wir uns an. Eines Abends beim Fernsehen ertappte ich Mama dabei, wie sie uns beide, die wir weit voneinander entfernt saßen, musternd anblickte. Später rief sie mich in ihr Zimmer.

»Wie war die Schule heute?«, fragte sie.

»Gut«, sagte ich und spielte mit den gerahmten Fotos, die auf dem Regal über ihrem Computer standen. Es waren Bilder von mir in verschiedenem Alter: krabbelnd, laufend, essend, bei der Einschulung.

»Was ist eigentlich los mit euch?«, fragte Mama und nahm sanft meine Hände.

»Nichts«, sagte ich, ein bisschen zu beiläufig. »Du weißt doch, wie Leute so sein können, wenn sie schwanger sind.«

»Oh?« Mama zog eine Augenbraue hoch, ein Lächeln spielte um ihre Mundwinkel. »Wie denn?«

»Genervt von manchen Sachen.«

»Werdet ihr zwei damit fertig?«

Ich zuckte mit den Schultern. »Glaub schon. Sie lässt mich in Ruhe und ich sie.«

»Na, ich denke, ich muss mich da nicht einmischen. Freundinnen machen so was am besten untereinander aus, oder?«

»Wir sind keine Freundinnen!«, sagte ich und stampfte zur Betonung mit dem Fuß auf.

Mama ließ meine Hände los und zog mich an einem meiner Zöpfe.

»Ich lass euch das besser untereinander ausmachen«, sagte sie noch einmal.

Ich stürmte ins Wohnzimmer und setzte mich auf das Sofa – so weit von Rebecca entfernt wie möglich.

»Ich hab keine Lust, diesen bescheuerten Jane-Fonda-Mist anzugucken«, sagte ich.

Rebecca nahm wortlos beide Fernbedienungen in die Hand, schaltete den Videorecorder aus und probierte alle Fernsehkanäle durch. Bei einer Sendung über Delphine stoppte sie. Der Mann, der gerade redete, erklärte, dass Delphine möglicherweise so klug wie Menschen seien. Dabei starrte er in die Kamera und seine blauen Augen durchbohrten uns. Dann erschien eine Frau und versprach, dass die Sendung weiterginge, sobald sie noch einmal tausend Dollar für die Tiere des Meeres gesammelt hätte. Sie bat inständig anzurufen und Geld zu spenden. Ich warf Rebecca einen verstohlenen Blick zu, und obwohl ihre Augen fest auf den Bildschirm gerichtet waren, machten sie dort nicht Halt. Sie starrte durch den Fernseher hindurch ins Leere, an einen Ort, den ich nicht sehen konnte.

»Ich glaube, dass das Baby vielleicht stirbt«, sagte sie.

Ihre Worte waren wie ein Widerhall der sanften Bitten der Frau im Fernsehen und setzten sich in meinem Bauch fest. Ich war nicht sicher, ob Rebecca mit mir geredet hatte oder nicht, aber ich hatte das Gefühl, dass ich auf alle Fälle etwas dazu sagen müsste.

»Warum glaubst du das?«

Als Rebecca schließlich antwortete, war ihre Stimme weich, klar und voller Trauer.

»Er hat sich früher so viel bewegt und jetzt bewegt er sich fast überhaupt nicht mehr.«

»Vielleicht liegt es daran, dass du dauernd Gymnastik machst und Schulaufgaben mit Bernadette und so was alles. Vielleicht ist er einfach müde.«

Rebecca schüttelte den Kopf. »Das ist es nicht«, sagte sie. »Er weiß es.«

»Weiß was?«, fragte ich leise. In einer Minute würden der Mann und die Delphine wieder an der Reihe sein. Ich wollte nicht, dass Rebecca aufhörte zu reden. Sie hatte mir gefehlt.

»Er weiß, dass wir nicht mehr in Harlem sind und dass er bei Leuten leben wird, die nicht wirklich seine Eltern sind.«

»Mach dir keine Sorgen, Rebecca. Es wird alles gut gehen.« Ich war unsicher. Ich hatte nicht viel darüber nachgedacht, was geschehen würde, wenn das Baby zur Welt gekommen wäre und

Rebecca wieder nach Hause fahren würde. Es schien alles noch so lang hin zu sein. Aber jetzt war Rebecca schon über einen Monat hier und in sechs Wochen würde das Baby da sein. Dann würde sie noch ein bisschen bei uns bleiben und danach wäre alles vorbei.

»Mach dir keine Sorgen, Rebecca«, sagte ich noch einmal, weil ich nicht wusste, was ich sonst sagen sollte.

»Die Ärztin sagt, es ist alles in Ordnung, aber ich weiß, dass das nicht stimmt. Ich versuche gesund zu essen und ich rede nachts mit ihm. Ich flüstere, damit du nicht aufwachst. Und er hat mich immer ein bisschen getreten, damit ich weiß, dass er jedes Wort hört. Aber jetzt macht er das nicht mehr. Er tritt mich fast überhaupt nicht mehr. Und gestern hab ich ein bisschen geblutet. Weißt du, was das heißt?«

Ich schüttelte den Kopf, aber Rebecca starrte auf den Bildschirm und sah mich nicht. »Nein.«

»Man darf nicht bluten, wenn man schwanger ist. Das heißt, dass da drin irgendwas überhaupt nicht stimmt.«

»Vielleicht schläft er einfach nur mehr.«

Der Mann und die klugen Delphine erschienen wieder auf dem Bildschirm und Rebecca sah zu, wie die Delphine durch Reifen sprangen und Delphinlieder sangen. Der Mann sagte, dass Delphine wie Menschen lachen könnten und alles Mögliche verstünden. Delphine würden sogar weinen, meinte er.

Rebecca rieb ihren Bauch. Ihr Gesicht war

voller geworden und die kurzen Locken fielen ihr in die Augen. Sie kaute an einem Fingernagel, während sie weiter auf den Fernseher starrte.

»Am Montag geht Marion mit mir noch mal zu Dr. Greenberg, damit sie die Herztöne vom Baby hören kann. Am Anfang hat sie mal gemeint, wenn ich will, sagt sie mir, ob es ein Junge oder ein Mädchen ist. Ich hab gesagt, sie soll's mir nicht sagen.«

»Meinst du, es gibt eine klitzekleine Chance, dass es ein Mädchen wird?«

»Nein«, sagte Rebecca eigensinnig. »Danny ruft mich morgen an«, meinte sie dann.

Ich fragte mich, warum sie mir das alles erzählte.

»Er will so gegen halb vier anrufen. Zeigst du mir danach noch ein bisschen mehr von Seton? Oder hast du Angst, ohne deine Mom oder Marion mit mir gesehen zu werden?«

»Es macht mir überhaupt nichts aus, mit dir gesehen zu werden. Mir ist egal, was die Leute denken.«

»Dann machen wir's? Ich hab 'ne Menge Häuser gesehen und mich gefragt, was das wohl alles ist.«

»Ich komme mit.«

»Jetzt sind wir wieder Freundinnen, stimmt's?« Zum ersten Mal an diesem Abend drehte sich Rebecca zu mir um. Sie lächelte und die Grübchen in ihren Wangen vertieften sich. Sie sah viel jünger aus als fünfzehn.

»Hm, ja, wahrscheinlich sind wir Freundinnen. – Glaubst du wirklich, dass Delphine so klug wie Menschen sind?«, fragte ich, als der Mann ankündigte, wir würden gleich einem Delphin bei einer Geburt zusehen können.

Rebecca starrte auf den Bildschirm. Die Geld sammelnde Frau war wieder da und bat um weitere tausend Dollar und Rebecca stand auf und schaltete den Fernseher aus. Sie zog den Taillengummi über ihren Bauch, bevor sie sich wieder hinsetzte. »Ich glaub, dieser Blödmann lügt«, sagte sie. »Er weiß genau, dass Delphine viel, viel klüger sind als Menschen.«

18

Als Danny am Samstag anrief, gab ich mir Mühe, nicht zu lauschen. Trotzdem bekam ich natürlich Bruchstücke der Unterhaltung mit.

»Mama und ich reden beinah jeden Tag miteinander, also brauchst du mir nicht das Neueste über die gesamte Nachbarschaft zu erzählen«, sagte Rebecca in das Telefon auf dem oberen Flur. Wenn ich mich anstrengte, konnte ich sie vom Wohnzimmer aus, wo ich saß und auf sie wartete, deutlich verstehen.

»Sie hat mir erzählt, dass jetzt Nikki schwanger ist, aber dass sie's nicht kriegen wird.« Dann gab es eine lange Pause. »Sie ist sowieso zu jung um Kinder zu kriegen«, sagte Rebecca schließlich weich.

Fünf Minuten später, nach ungefähr hundert Ich-liebe-dichs und anderem sentimentalen Zeug, legte sie auf und wir machten uns auf den Weg.

Sechs Häuserblocks weit tat mir der Hals weh von der Frage, die mir schon so lange auf der Zunge brannte. Rebecca redete in einer Tour über Danny und ihre Freunde in Harlem. Sie verglich die braunen Sandsteinhäuser Westharlems mit den kleinen Häusern in den Seitenstraßen Setons und erzählte mir Geschichten von ihren Brüdern und Schwestern.

»Also, Bobo und Shaunney sind eineiige Zwillinge. Früher haben wir Shaunney immer ein grünes Band ums Handgelenk gebunden, damit wir sie auseinander halten konnten. Manchmal hat er's Bobo gegeben und Bobo hat's getragen. Alle außer Mama haben sie an der Nase herumgeführt damit.«

»Wie kann man denn ein Kind Bobo nennen?«

»Eigentlich heißt er Elwood, aber wir haben ihm diesen Spitznamen gegeben. Alle Kinder in Harlem kriegen Spitznamen, Bobo, Booboo, CeeCee, Little Man.«

»Und wer gibt ihnen diese Namen?«

»Irgendwer. Die Leute auf der Straße oder die, die über einem wohnen oder neben einem. Sie sagen: ›Na, wem sieht der denn ähnlich? Schlägt er nicht nach Leons Enkel Bud? Komm her, Buddy.‹ Und prompt hast du deinen Spitznamen weg.«

»Und was war dein Spitzname?«

Rebecca sah verlegen aus.

»Komm schon«, sagte ich. »Ich erzähl's auch keinem.«

»Schwörst du's?«

»Ich schwöre ohne abzuleiten.« Mit dem Zeigefinger malte ich ein Kreuz auf meine Brust und zeigte dann in den Himmel.

»Stinky«, flüsterte sie.

»Stinky! Warum haben sie dich denn ausgerechnet Stinky genannt?«

Rebecca zuckte mit den Schultern, aber ich wusste, dass sie die Antwort kannte.

Wir lachten ungefähr einen halben Kilometer lang, bis die Tränen, die uns über das Gesicht liefen, beinahe gefroren waren.

An der Kreuzung Agauma Ecke Seventh Street holte ich tief Luft, schob die Hände in die Taschen und sah sie an.

»Warum hast du dich entschlossen das Baby zu kriegen?«, fragte ich.

Rebecca sah mich an, als hätte sie schon seit anderthalb Monaten auf diese Frage gewartet. »Ich hab niemand erzählt, dass ich schwanger bin«, sagte sie und zog sich ihren Schal enger um den Hals. »Ich hab's gewusst, aber ich hatte so schreckliche Angst. Ich hatte keine Ahnung, was ich tun soll. Also hab ich's einfach geheim gehalten. Es war ganz leicht, weil ich sowieso immer so riesige Klamotten anhab.«

»Und Clair hat es schließlich doch rausgefunden?«

»Sie ist ins Badezimmer geplatzt. Da war ich ungefähr im sechsten Monat. Mann, o Mann ... meine Mama ist in vier verschiedene Richtungen die Decke hochgegangen, so wütend war sie.«

»Und was ist dann passiert?«

Rebecca starrte auf die Risse im Bürgersteig. »Dann haben wir beide angefangen zu heulen. Ich lag in der Badewanne, Mama saß auf dem Klo. Wir haben einfach geheult und geheult und geheult. Als ob unser ganzes Leben zum Teufel wär.«

»Da muss man ja schrecklich Angst kriegen.«

Sie schüttelte den Kopf. »Nein, da hab ich

keine Angst mehr gehabt. Ich hab das Ganze nur so sehr bereut, es hat mir so Leid getan, dass ich Mama so wehgetan hab.«

»Habt ihr denn nicht, ich meine, du und Danny ...« Ich zögerte. »Hattet ihr denn keine ... du weißt schon ... so was wie Kondome oder so?«

Wieder schüttelte Rebecca den Kopf. »Wir wollten uns welche besorgen. Aber wir hatten es vorher schon drauf ankommen lassen und es war nichts passiert. Wahrscheinlich haben wir gedacht, wir könnten's noch mal riskieren. Es war blöd von uns.«

»Das ist wirklich schlimm«, sagte ich.

»Es gibt für alles einen Grund«, sagte Rebecca und klang alt und überzeugt.

Wir liefen lange in Schweigen versunken, während Bilder von Rebecca und Clair, die heulend im Badezimmer saßen, in meinem Kopf auftauchten und wieder verschwanden.

19

Die »Barackengegend« liegt am Rand von Seton, ein ganzes Stück weit entfernt vom Zentrum. Dort leben die armen Weißen. Die Baracken sind kleine Häuser aus Wellblech und Teerpappe mit Dächern, die sich zur Straße neigen. Anstelle von Fenstern gibt es Löcher, die in das Blech geschnitten und mit Plastikfetzen zugeklebt worden sind. Bevor sich vor Jahren die armen Familien dort niedergelassen haben, wohnten Wanderarbeiter da, Leute, die durch Seton gezogen sind ohne bleiben zu wollen.

Wo die Baracken aufhören, auf der anderen Seite der Hügel, die sich um sie herumwinden, als wollten sie sie verbergen, haben sich schwarze Ärzte, Banker und Werbeleute niedergelassen. Sie und ihre Familien halten sich von den Baracken fern. Eine Menge Kinder aus unserer Gegend haben dieses Viertel noch nie gesehen. Die Schulbusse bleiben in den Tälern auf der anderen Seite oder nehmen Straßen, die oben auf den Hügeln entlanglaufen, so dass man, wenn man im Bus sitzt und hinunterschaut, nur die schiefen Dächer der Häuser sieht. Und nicht die mit Abfall übersäten Straßen, nicht die halb nackten Kinder mit dreckigen Gesichtern, nicht die rumstreunenden Tiere, die die Mülltonnen umkippen.

Wir gerieten zufällig in die »Barackengegend«. Wir waren den ganzen Tag lang durch Seton gestreift. Ich hatte Rebecca die Läden gezeigt, die Roper Academy, die Gartenanlagen. Aber es war Samstag und die Roper Academy war nichts als ein kalter, roter, langweiliger Steinbau. Geschlossen. Die Gartenanlagen, die sich über zweieinhalb Kilometer erstrecken, versanken in Eis und Schnee und waren öde. Gerade als Rebecca begann unruhig zu werden, sahen wir ihn – einen blassen kleinen Jungen in einem abgerissenen Mantel. Er konnte nicht älter als vier Jahre sein.

»Er muss sich verlaufen haben«, sagte Rebecca und ging auf ihn zu.

»Hat er bestimmt nicht«, sagte ich. »Die Kinder hier laufen so rum. Sie suchen in den Mülltonnen nach weggeworfenem Zeug.«

»Wie kann eine Mutter so ein kleines Kind bei dieser Kälte rauslassen, damit es Mülltonnen durchsucht! Kannst du mir das mal verraten?«

Ich zuckte mit den Schultern und bemühte mich mit ihr Schritt zu halten. »So sind die Leute hier eben.«

»Du klingst wie ein Snob. Ein Kind ist ein Kind.«

»Mir gefällt's hier nicht, Rebecca. Ich würd lieber zurückgehen.«

»Kriegst wohl Angst in diesem Teil der Stadt? Hattest wohl auch Angst, mir das hier zu zeigen, stimmt's?«

»Natürlich nicht. Es ist nur so dreckig. Es riecht komisch hier.«

Aus einer der Baracken trat ein Mädchen und kam langsam auf uns zu. Ihr schmutziges blondes Haar hing kraftlos über ihre Schultern und ihre eine Wange war dreckverschmiert – als hätte sie sich, mit etwas Wichtigerem beschäftigt, gedankenlos mit schmutzigen Fingern gekratzt.

»Jason! Jason-Eliot. Du kommst sofort hierher!«

»Mama!«, schrie der Junge und rannte hinüber zu dem Mädchen. Rebecca erstarrte. Das Mädchen konnte nicht älter als fünfzehn sein. Sie hielt den Jungen fest und musterte mich mit halb geschlossenen Lidern. Ich hatte die Pilotenjacke aus Leder an, die ich letztes Jahr zu Weihnachten bekommen hatte. Sie starrte die Ärmel an, den Kragen aus Wildleder, die Wollhosen, die ich darunter trug. Ihr Blick blieb an meinen Stiefeln hängen, wanderte wieder hinauf zu meiner Jacke und machte irgendwo direkt unter meiner Nase Halt. In ihren Augen war mehr Hass, als ich jemals vorher gesehen hatte. Das abgerissen aussehende Kind neben ihr steckte den Daumen in den Mund und umschlang mit dem anderen Arm ihre Beine.

»Du bist nich von hier«, sagte sie zu mir. »Auf der Seite hier wohnen keine Farbigen nich.«

»Farbige!« Rebecca lachte. »Was für'n Wort! Das hab ich ja seit ewigen Zeiten nicht mehr gehört.« Sie sah sich um und blickte dann wieder das Mädchen und den kleinen Jungen an. »Gott sei Dank sind wir nicht von hier«, sagte sie und starrte das Mädchen durchdringend an. »Wir haben dir nur dein Baby zurückgebracht.«

»Der kennt den Weg«, sagte das Mädchen und löste die Hand des Kindes von ihrem Bein.

Das Mädchen sah Rebecca an. Ihr Blick wanderte über Rebeccas abgetragenen Schal bis hinunter zu ihrem hervorstehenden Bauch. In ihren Augen blitzte so was wie Verständnis auf und sie lächelte beinahe. »Los, komm jetzt, Jason-Eliot. Ich hab dir doch gesagt, du sollst nich im Abfall rumwühlen.«

»Gern geschehen«, rief Rebecca, als das Mädchen und Jason-Eliot in die entgegengesetzte Richtung davongingen.

Wir machten uns auf den Rückweg.

»Es is gar nich so schlimm«, rief das Mädchen. Wir drehten uns noch mal um und sahen, dass sie stehen geblieben war und Jason-Eliot auf den Arm genommen hatte. »Wenn die Wehen erst mal da sind, is es auch schon fast vorbei. Und danach is es gar nich mal so schlimm.« Sie wandte sich ab und ging weiter den grauen Schnee- und Eisweg hinunter zu den schiefen Baracken.

Rebecca und ich machten kehrt und gingen schweigend den Hügel hinauf nach Hause.

20

Als Mama am Montagabend spät mit einer Pizza nach Hause kam, machten Marion, Bernadette und ich gerade Atemübungen nach Jane Fonda und saßen im Schneidersitz vor dem Fernseher.

»Los, mach mit«, sagte Bernadette. Schweiß glänzte auf ihrer Stirn.

Bernadettes Mutter und ihr Vater waren aus Kenia. Kurz nach ihrer Heirat zogen sie hierher. Weil Bernadettes Mutter möglichst schnell eine echte Amerikanerin werden wollte, ließen sie sich in einem spießigen kleinen Ort auf Long Island nieder, bekamen zwei Kinder und nannten sie Thomas und Bernadette. Bernadette bricht jedes Mal wieder in Lachen aus, wenn sie davon erzählt. Und obwohl ich die Geschichte schon mindestens tausendmal gehört habe, könnte ich sie noch tausendmal öfter hören, nur um das Funkeln in Bernadettes Augen zu sehen, wenn sie darüber lacht, und um mit ihren Zöpfen herumzuspielen, während sie redet.

»Du sollst die Luft anhalten und bis zehn zählen, Bernadette.«

»Keine Chance, Feni. In meinem Alter geht einem schon bei fünf die Puste aus.«

»Mir geht's genauso«, sagte Marion und stand auf. »Ich kann noch nicht mal so tief einatmen wie diese Frau da auf dem Bildschirm. Sie muss ein Paar zusätzliche Lungen haben!«

»Du rauchst zu viel«, schimpfte Rebecca, schloss die Augen und presste die Hände gegen ihren Bauch.

»Danke, Clair Junior«, sagte Marion und folgte Bernadette in die Küche.

»Marion und Bernadette sind ein schönes Paar«, flüsterte Rebecca.

»Sie sind ja auch schon so lang zusammen.«

»Wenn die Roberts' sich nicht als Erste um das Baby beworben hätten, hätte ich es ihnen gegeben.«

Ich zwinkerte ihr zu. »Das hat aber lange gedauert. Am Anfang konntest du nicht mal Marion leiden!«

»Ich hab sie nicht gekannt«, sagte Rebecca. »Wie soll man jemand beurteilen können, den man nicht kennt?«

Ich grinste. »Du machst jetzt mal die Hechelübung und ich zähle, Rebecca«, sagte ich und drehte den Ton ab.

»Okay.«

Wir machten die Übung viermal.

»Ich bin am Verhungern«, sagte Marion im Esszimmer zu Mama. »Gieß Rebecca mehr Milch ins Glas, Catherine. Und leg ihr eine Eisentablette neben den Teller.«

»Ich dachte, die hat sie schon heut Morgen genommen.«

»Dr. Greenberg meint, sie soll abends auch eine nehmen.«

»Und was hat sie sonst noch gesagt?«

Mama stellte noch einen Teller auf den Tisch, als wir uns hinsetzten.

»Sie hat gesagt, dem Baby geht's gut«, antwortete Rebecca und versuchte sich auf dem Stuhl mit der geraden Rückenlehne bequemer hinzusetzen. »Es bewegt sich jetzt einfach weniger. Sie sagt, es kann sein, dass das Baby früher kommt, weil ich so jung bin oder so ähnlich.«

»Hat sie irgendwas empfohlen?«

»Bettruhe«, meinte Rebecca, nahm ein Stück Pizza aus der Schachtel und kratzte den Käse herunter. »Mein Blutdruck ist zu hoch. Sie hat gesagt, es ist alles viel zu aufregend für mich.« Sie zwinkerte mit den Augen, als wollte sie sagen: Achtung, das ist ein Witz!

»Du sollst einen Monat lang im Bett liegen?«, fragte ich.

»Und was ist mit dem Schwangerenkurs?«, fragte Mama.

»Sie hat gesagt, ich soll mir darüber im Moment keine Gedanken machen. Das Baby kommt so oder so, ob ich nun zu den Kursen gehe oder nicht.«

»Und wie steht es mit unseren Unterrichtsstunden?«, fragte Bernadette.

»Ich glaub, die sind auch zu viel für mich. Vor allem Mathe –«

»Der Unterricht geht schon, Bernie«, unterbrach Marion. »Solange sie dabei nicht lange Spaziergänge durch Seton macht oder schwer trägt.«

»Aha. Kapiert!« Ich lachte.

Rebecca grinste.

»Und was ist mit den Roberts'?«, fragte Mama. »Hast du mit ihnen gesprochen?«

»Sie kommen nächsten Mittwoch um mich kennen zu lernen. Hoffentlich passt euch das.«

»Das passt gut«, sagte Mama und auch Bernadette und Marion nickten. »Wir wollen nur, dass du dir auch ganz sicher bist die richtige Entscheidung getroffen zu haben. Ich weiß, du willst nicht, dass dein Kind dort aufwächst, wo du jetzt lebst. Aber auch in Harlem gibt's sehr schöne Stellen. Ich will dir nicht einreden, dass du das Baby behalten sollst oder so was, ich will nur nicht, dass du hinterher das Gefühl hast, du hättest dich falsch entschieden.«

»Ich weiß, dass es schöne Stellen dort gibt, aber nicht da, wo ich wohne. Ich muss mich um meine Brüder und Schwestern kümmern. Ich glaub nicht, dass ich ein Baby richtig erziehen würde. Ich würd nicht wollen, dass er von Sozialhilfe lebt, so wie wir's tun. Es wär zu viel. In meinem Herzen weiß ich genau, dass jetzt nicht der richtige Zeitpunkt ist. Danny ist cool und alles, aber er ist erst siebzehn. Er kann noch nicht der Vater von irgendwem sein.«

»Hört sich an, als wüsstest du genau, was du willst«, sagte Mama. Einen Augenblick später fügte sie hinzu: »Und ich freue mich, dass du hier bist.«

»Ich freue mich auch«, sagte Bernadette.

»Und ich schließe mich an«, fügte Marion hinzu.

Rebecca blickte sie an. Sie sah zugleich stolz und verlegen aus.

Mama nahm ihr Stück Pizza in die Hand und stand auf. »Ich muss noch ein paar Telefongespräche machen, damit ich am Mittwoch zu Hause sein kann. Ich werde Feni an der Schule absetzen und danach sofort wieder hierher zurückkommen.«

»Du arbeitest am Mittwoch nicht, Mama?«

»Ich werde zu Hause arbeiten. Ich möchte hier sein um die Roberts' kennen zu lernen.«

»Kann ich nicht auch zu Hause bleiben? Ich hab noch keinen einzigen Tag im ganzen Schuljahr verpasst. Bitte, Mama?«

»Darf sie, Catherine?«, bettelte Rebecca.

Mama seufzte. »Ich glaube schon. Was hast du in der Geschichtsarbeit gehabt?«

»Achtundneunzig Punkte.«

Rebecca warf mir einen Blick zu, in dem »Streber« stand.

»Ich hab mir schon gedacht, dass es gut gelaufen ist. Du kannst zu Hause bleiben, wenn Rebecca nichts dagegen hat.«

»Nein. Es wär cool. Wir sind jetzt Freundinnen.«

Marion und Bernadette sahen auf, und Mama, die auf dem Weg in ihr Zimmer war, blieb im Türrahmen stehen. »Freundinnen?«, fragte sie.

Ich nahm ein bisschen von dem Käse, den Rebecca von ihrer Pizza runtergeschoben hatte, sah ihr direkt in die Augen und nickte.

21

Eine Woche später kam Caesar nach der Schule mit zu uns. Auf dem ganzen Weg nach Hause redete sie über den Einführungsball.

»Ich hab mich jetzt entschieden ein blaues Kleid anzuziehen«, sagte sie, als wir die Bailey Street hinaufgingen. »Meinst du nicht, dass Blau mir unheimlich gut steht? Blau mit Spitzen. Ich will total viele Spitzen. Weißt du schon, was du für eine Farbe tragen wirst?«

»Caesar, ich hab's dir doch schon gesagt. Ich mach da nicht mit.«

»Deine Mutter wird wollen, dass du's tust.«

»Meiner Mutter ist dieser Mist ganz egal. Es war mein Vater, der so was wichtig fand, und der ist nicht mehr da. Er kann seine neue Tochter dazu zwingen, wenn er will, aber mich nicht.«

»Es wird ein Riesenspaß sein. Erinnerst du dich an Vanessa, die jetzt am Howard-College ist?«

Ich schüttelte den Kopf.

»Sie hatte so ein schönes Kleid an. Es war gelb. Sie sah so süß aus, Feni. Das Kleid hatte hinten einen V-Ausschnitt. Aber ich glaube, ich will einen hohen Kragen. Vielleicht sollte ich auch ein weißes Kleid anziehen statt ein blaues.«

Vor unserer Haustür verstummte Caesar und

sah sich nervös um. »Bist du auch ganz sicher, dass deine Mutter nicht zu Hause ist?«

»Ganz sicher«, sagte ich und fischte meinen Schlüssel heraus. »Sie arbeitet.«

»Sehe ich okay aus?«

»Du siehst gut aus, Caesar.«

»Warte«, sagte sie und packte meine Hand. »Bist du sicher, dass sie mich mögen wird? Ich meine, vielleicht sollte ich lieber ein anderes Mal –«

»Caesar. Mach dir keine Sorgen. Sie ist doch kein Monster, nur eben manchmal eine Nervensäge.«

»Glaubst du, sie erzählt uns, wie es sich angefühlt hat?«

»Nein. Und frag ja nicht!«

Rebecca sah sich gerade einen Zeichentrickfilm an, als wir hereinkamen. Caesar blickte sich unsicher um und ging dann zu den beiden Stufen, die hinunter ins Wohnzimmer führten. »Ist sie das?«, flüsterte sie.

»Ja, das bin ich«, sagte Rebecca. Sie drehte sich um und sie und Caesar musterten sich gegenseitig von Kopf bis Fuß.

»Heute ist wohl so was wie Tag der offenen Tür oder was?«, fragte Rebecca schließlich und wandte sich wieder zum Fernseher.

»Wo ist Bernadette?«, fragte ich und zog Caesar den Mantel von den Schultern, während sie weiterstarrte.

»Sie musste früher gehen. Donnerstagsabends unterrichtet sie.«

»Ich bin Caesar«, stotterte Caesar endlich und ging langsam auf Rebecca zu.

»Das weiß ich«, sagte Rebecca ohne den Fernseher aus den Augen zu lassen. »Und ich weiß auch, dass du weißt, wer ich bin.«

»Feni hat – sie hat mir von dir erzählt. Sie hat gesagt, du wärst, äh, sie hat gesagt –«

»Über dich hat sie mir auch ein paar Sachen erzählt.« Rebecca lehnte sich auf dem Sofa zurück und grinste.

»Du solltest doch im Bett sein, Rebecca.« Ich hängte Caesars Mantel an die Garderobe.

»Ich kann nicht lang bleiben«, meinte Caesar. »Du siehst gar nicht so jung aus«, sagte sie zu Rebecca. »Ich hoffe, du kriegst ein Mädchen.«

»Es spielt keine Rolle, was es ist«, antwortete Rebecca. »Ich will nur, dass es gesund ist.«

»Dann hoffe ich, dass es ein gesundes Mädchen wird. Darf ich mal deinen Bauch anfassen?«

»Caesar!«

»Ich wollte ja warten, dass sie's mir anbietet, aber sie hat's nicht getan und ich muss doch gleich wieder gehen.«

»Klar darfst du.« Rebecca sah mich an und zog eine Augenbraue hoch.

Ich zuckte mit den Schultern.

Caesar näherte sich mit kleinen Schritten Rebecca. Sie sahen sich einen Moment lang an, bevor sie vorsichtig eine Hand ausstreckte um Rebeccas Bauch zu berühren.

»Das ist das Coolste, was ich je angefasst hab«, sagte sie. »Wird es wehtun?«

»Es tut jetzt schon weh!«, sagte Rebecca. »Hast du nicht den Tritt eben gemerkt? Dieses Baby meint es ernst.«

»Ich glaub, ich würd absolut sterben«, sagte Caesar und streckte wieder die Hand aus um Rebeccas Bauch anzufassen.

»Nein, würdest du nicht«, sagte Rebecca sanft.

Ich fröstelte. Caesar sah auf. Angst stand in ihren Augen.

»Du würdest einfach dein Baby kriegen, eine Familie gründen und weitermachen«, fuhr Rebecca fort.

»Ich nicht! Niemals!«

»Ha!« Rebecca lachte. »Das sagen alle.«

»Sogar du?«, fragte ich.

»Klar. Sogar ich!«

»Meine Mutter hat erzählt, wenn man schwanger ist, muss man dauernd kotzen. Ekelhaft!« Caesar steckte sich einen Finger in den Mund und tat so, als ob sie würge.

»Mir war nicht oft schlecht. Nur in den ersten zwei oder drei Wochen. Irgend so was.«

»Und was hat deine Mutter dazu gesagt?«, fragte Caesar neugierig.

»Sie hat's nicht gewusst. Ich hab immer den Wasserhahn angedreht.«

»Ist sie nicht völlig ausgerastet, als sie's erfahren hat?«

»Ich dachte, du musst fort, Caesar«, sagte ich.

»Warum musst du denn schon gehen?«, fragte Rebecca.

»*Jack und Jill* bereitet eine Regionalversammlung vor und ich bin im Ausschuss. Wir treffen uns heute.«

»Was ist *Jack und Jill*?« Rebecca ließ sich auf einen Stuhl fallen und glättete die Falten auf ihrem Bauch.

»Ein blöder Club, wo alle hingehen.«

»Er ist nicht blöd«, sagte Caesar. »Er ist nur für Schwarze und wir tanzen und machen Talentshows und Ausflüge und so was.«

»Wir machen Sachen um die *richtige Sorte Leute* zu treffen«, sagte ich ironisch.

»Feni!«

»Na, darum geht's doch wohl, Caesar.«

»Klingt ganz schön arrogant«, sagte Rebecca.

»Es ist nicht arrogant. Es macht Spaß.«

»Manchmal macht's Spaß«, sagte ich, weil ich Caesar nicht ganz im Stich lassen wollte. »Einmal haben wir alle zusammen *Porgy and Bess* angeschaut und danach waren wir in einem echten französischen Restaurant.«

»Und weißt du noch – diese Tanzveranstaltung im letzten Jahr, als alle Mädchen miteinander getanzt haben und die Betreuer so wütend geworden sind?«

Wir kicherten und klatschten in die Hände. Rebecca lächelte unsicher.

»Es ist also so eine Art Club«, sagte sie, »für kleine reiche Kinder.«

»Wir sind nicht *reich*!« Ich schrie beinah.

»Stimmt«, bekräftigte Caesar. »Uns gehören nur ein paar Dinge.«

»Ist ja auch egal«, sagte Rebecca und winkte ab. »Ich glaub jedenfalls nicht, dass es so was wie *Jake und Jack* in New York gibt.«

»*Jack und Jill*«, verbesserte Caesar.

»Ist doch egal.«

»Möchtest du zu meinem Einführungsball kommen?«, fragte Caesar.

»Was ist das, eine Party?«

»Ja, so ’ne Art Party, könnte man wohl so sagen.«

»So was, wo man jedem vorgestellt wird«, fügte ich erklärend hinzu.

»Wem werdet ihr vorgestellt?«

»Allen!«, rief Caesar und warf die Hände in die Luft.

»Den ganzen anderen Söhnen und Töchtern von Ärzten und Rechtsanwälten und Bankern«, sagte ich.

»Oh.«

»Hast du Lust zu kommen, Rebecca?«

»Wann ist es?«

»In drei Jahren, wenn ich sechzehn bin.«

»Ich werd drüber nachdenken«, meinte Rebecca.

»Okay, aber sag mir bald Bescheid«, sagte Caesar und stand auf. »Ich mach grade ’ne Liste.«

»Bist du sicher, dass ich zur *richtigen Sorte* gehöre?«

Caesar winkte ab. »Natürlich. Bei mir wird’s nur coole Kids und Rap-Musik geben.«

»Na, wenn das mal stimmt«, sagte ich. »Sie

zwingen einen immer klassisches Zeug zu spielen.«

»Nur, wenn man die Treppe runterkommt«, sagte Caesar. »Damit die Leute nicht abgelenkt sind, wenn sie dir bei deinem Auftritt zugucken.«

»Stimmt, *Public Enemy* kann einen ganz schön ablenken.«

An der Tür drehte sich Caesar um. »Ich finde nicht, dass du eine Nervensäge bist«, sagte sie.

Rebecca sah mich an und zog eine Augenbraue hoch. Ich wäre am liebsten auf der Stelle tot umgefallen.

Als Caesar gegangen war, setzte ich mich auf den Boden neben Rebecca. Der Fernseher warf blaue Schatten ins Wohnzimmer. Rebecca drückte auf den Knopf um den Ton abzustellen und wandte sich mir zu.

»Sie ist nett, aber sie scheint ein bisschen ... ich weiß nicht – als ob sie nicht viel kennt. Du weißt schon, irgendwie behütet. Sie ist anders als du –«

»Nee«, sagte ich. »Ich glaub, Caesar und ich sind uns ziemlich ähnlich.«

Rebecca schüttelte den Kopf. »Obwohl man es manchmal gar nicht merkt, Feni, du weißt doch Bescheid. Du hast 'ne Ahnung von dem, was da draußen so passiert.« Rebecca machte eine Pause und deutete zum Fenster. »Ich glaub nicht, dass Caesars Mutter mich bei ihnen wohnen lassen würde. Deine Mom ist anders. Sie ist offen für alles Mögliche und sie sorgt dafür, dass du es auch bist.«

»Ja, meine Mama und ich reden über ziemlich vieles!«

»Caesar ist da anders. Ich wette, sie könnte mittendrin im dicksten Harlem stehen und würde nicht mal merken, wo sie ist.«

»Caesar ist ’ne gute Freundin von mir«, sagte ich.

»Ja, sie ist cool. Sie gefällt mir. Es ist nur, dass ich’s gut fände – ich fände es wirklich gut, wenn alle Kids aus Harlem einen Monat lang in Seton leben könnten und alle Kids aus Seton einen Monat lang in Harlem. Ich glaub, die Leute wären dann ganz anders. Sind alle in deiner Schule so wie Caesar?«

»Ich kenn gar nicht so viele. Ich glaub, ihre Eltern wollen sie alle beschützen. Mama ist da anders. Sie findet nicht, dass ich mit irgendwelchen Sachen gar nicht erst in Berührung kommen darf. Sie will nicht, dass ich engstirnig werde. Caesar ist die Einzige, mit der ich wirklich rede.«

»Warum?« Rebecca lehnte sich zurück und legte die Hände auf ihren Bauch.

»Weil sie die Einzige ist, die mit mir redet.«

»Findest du es gut, nur eine Freundin zu haben?«

»Jetzt hab ich ja zwei.«

»Aber ich werd nicht ewig hier sein.«

Ich zuckte mit den Schultern und fühlte, wie mein Magen sich zusammenzog. »Ich brauch nicht viele Menschen.«

»Das stimmt«, sagte Rebecca. »Das ist es, was

ich an dir mag. Du kommst alleine klar. Manche Leute brauchen diese großen Gruppen und so. Gibt ihnen das Gefühl, sie wären cool. Du und ich, wir sind nicht so.«

»Aber du sagst, du hast viele Freunde in Harlem.«

»Ja, das stimmt schon. Aber ich brauche sie nicht wirklich, so wie manche Leute ihre Freunde brauchen.«

»Meine Großmutter war meine beste Freundin. Guck!« Ich nahm den Bilderrahmen aus meiner Hosentasche und reichte ihn Rebecca. »Weißt du noch, wie du in meinem Zimmer rumgeschnüffelt und das hier gefunden hast?«

Sie machte ihn auf und starrte das Bild lange an.

»Ja, weiß ich noch. Die war aber schön.«

»Sie war die Beste. Wir waren *so* miteinander.« Ich hob zwei Finger und kreuzte sie. »Niemand wird mir je wieder so nah sein.«

»Du kannst die Leute nicht immer wegstoßen. Irgendwann kommt keiner mehr zurück.«

Ich nahm ihr den Rahmen aus der Hand und sah Großmama an. Mit meinem Hemd wischte ich die Fingerspuren vom Glas.

»Niemand wird mir nahe kommen«, flüsterte ich und erkannte im gleichen Moment, dass Rebecca das schon getan hatte.

22

Mr. und Mrs. Roberts kamen um Punkt zehn Uhr am Mittwochmorgen. Rebecca telefonierte gerade mit Danny, legte aber schnell auf und stolperte nach unten, als es klingelte. Ich öffnete die Tür und sah als Erstes einen Blumenstrauß. Der Mann hinter den Blumen begrüßte mich lächelnd. Er hatte eine warme, angenehme Stimme und ich fühlte mich gleich sicher und gut aufgehoben.

»Ich bin Ramón Roberts. Das ist meine Frau«, sagte er und schob eine kleine, rundliche Frau vor sich zur Tür herein. Sie lächelte und nahm meine Hand.

»Ich bin Feni.«

Ihre Hände waren klein und warm, obwohl es draußen kalt war. Beim Anblick der Blumen bekam Rebecca große Augen. Sie sah aus, als würde sie vor Freude platzen.

Mama kam aus ihrem Zimmer und stellte sich vor.

»Das hier ist eine wunderschöne Gegend«, sagte Mr. Roberts, als sich alle im Wohnzimmer niedergelassen hatten. Ich war in der Küche und kochte Tee, aber ich konnte jedes Wort hören.

»Und wo leben Sie?«, fragte Mama und musterte die Roberts'. Ich mochte sie sofort und das war ein gutes Zeichen.

»Wir leben in Queens, in einer recht guten

Wohngegend. Es gibt viele Schwarze dort und die Schulen sind in Ordnung. Aber Barbara will aufs Land, in die Berge, irgendwann.«

»Für eine Familie ist das auch schöner«, sagte Rebecca.

»Würdest du auch dort eine Familie gründen?«, fragte Mr. Roberts.

Rebecca musste genickt haben.

»Dann sehen wir uns vielleicht wirklich einmal nach einem Haus auf dem Land um«, sagte Mr. Roberts.

Ich kam mit einem Tablett mit Milch, Zucker und Tee aus der Küche – Pfefferminztee für Rebecca und Mrs. Roberts, schwarzer Tee für die anderen.

Mrs. Roberts saß neben Rebecca und drückte ihre Hand. »Wir wollten schon eher kommen. Du bist ja schon seit einer Weile hier.«

»Seit zwei Monaten«, sagte ich. Als sich alle zu mir umdrehten und mich ansahen, fügte ich hinzu: »Aber es kommt einem gar nicht so lange vor.«

Rebecca lächelte und Mrs. Roberts fuhr fort: »Wir haben beide Urlaub genommen. Jetzt sind wir sechs Wochen lang frei.«

»Und wo wohnen Sie?«, fragte Mama.

»Oh, wir haben ein Haus in der Nähe des Einkaufszentrums gemietet. Ein schönes Haus. Groß und gar nicht weit weg von hier.«

»Wie findest du Seton?«, fragte Mr. Roberts Rebecca. »Ich meine, wie gefällt es dir persönlich hier?«

Ich hielt den Atem an.

»Es ist gut für Familien«, sagte sie. »Ich vermisse mein Zuhause.«

Das war der Moment, in dem ich begriff, dass Rebecca uns bald verlassen würde. Ich hatte eine ganze Weile nicht darüber nachgedacht und gehofft, Seton würde Rebecca so gut gefallen, dass sie hier bliebe.

»Wir werden uns hier nach einem Grundstück umsehen«, sagte Mr. Roberts. »In Queens haben wir doch noch nicht recht Wurzeln geschlagen. Wir werden mit dem Baby ganz neu anfangen. Fast wie frisch verheiratet.« Er zwinkerte und Mrs. Roberts wurde rot.

»Sie meinen, Sie wollen das Baby hier großziehen?«, fragte ich und verschüttete beinah meinen Tee.

»Es scheint ein guter Ort zum Leben zu sein und es gibt offenbar eine starke schwarze Gemeinde hier. Wie sind die Schulen?«

»Gut. Wirklich gut!«, sagte ich.

»Hast du keine Schule heute?«, fragte mich Mrs. Roberts.

»Meine Frau ist Lehrerin«, meinte Mr. Roberts erklärend.

»Meine Mutter ist auch Lehrerin ... ich meine, früher war sie es.« Rebecca senkte den Kopf und nahm einen Schluck Tee. Mrs. Roberts tätschelte ihre Hand.

»Ich durfte heute zu Hause bleiben. Ich bin auf der Roper Academy.«

»Das ist ein guter Name für eine Schule.«

»Es ist eine Privatschule«, sagte ich, »aber keine von den aufgeblasenen.«

»Hast du viele Freunde dort?«, fragte Mrs. Roberts weiter.

»Feni ist zu erwachsen für die Kinder in der Schule«, sagte Rebecca stolz. »Sie mag Erwachsene und Teenager. Sie ist still. Oder besser gesagt, sie *war* ziemlich still.«

Mama lächelte. »Die Roper Academy ist eine gute Schule, Mrs. Roberts. Die Lehrer kommen aus allen Bevölkerungsgruppen und haben die unterschiedlichsten Lehrkonzepte. Sie ist etwas teuer. Mein Ex-Mann und ich teilen uns das Schulgeld.«

Mr. und Mrs. Roberts tauschten einen Blick. »Klingt, als wär es schön, dort zu arbeiten, Barbara.«

»Vielleicht sollte ich schauen, dass ich dort unterrichten kann. Natürlich ist alles noch in der Schwebe.« Sie winkte ab. »Wir haben noch Zeit genug, darüber nachzudenken, und schließlich sind wir nicht hierher gekommen um über unsere Zukunft zu reden«, sagte sie und wandte sich Rebecca zu. »Wir wollten über Namen sprechen.«

»Namen?«, fragten Rebecca und ich gleichzeitig.

»Namen für das Baby.« Mrs. Roberts lächelte. »Hast du dir schon welche ausgedacht? Hast du über die Religionszugehörigkeit und so was nachgedacht? Wir sind beide Christen, aber das Baby *muss* nicht christlich getauft werden.«

»Aber es wird doch Ihr Baby sein. Warum fragen Sie mich dieses ganze Zeug?«

Mr. Roberts antwortete ganz offen. »Wir haben uns über diese Adoptionsgeschichte eine Menge Gedanken gemacht. Wir glauben, es wäre richtig, wenn du den Namen aussuchst, vielleicht auch die Religion, wenn du willst. Und du sollst wissen, dass du das Baby besuchen kannst, wann immer du willst ...«

»Es besuchen? Aber dann weiß er ja, dass ich seine richtige Mutter bin!«

»Das ist deine Entscheidung«, sagte Mrs. Roberts. »Wir werden ehrlich zu dem Baby sein ... Ist es sicher, dass es ein Junge wird?«

»Ich hab so ein Gefühl.«

»Sie hat es aber nicht nachprüfen lassen«, mischte ich mich ein.

»Nun, vielleicht sollten wir über Jungen- und Mädchennamen nachdenken.«

»Wenn es ein Mädchen ist«, sagte Rebecca rasch, »möchte ich, dass sie Afeni genannt wird.«

Mrs. Roberts sah mich an und lächelte. »Afeni«, wiederholte sie langsam.

Ich war zu überrascht um irgendwas zu sagen.

»Das ist Kisuaheli, Mrs. Roberts«, sagte Mama und bemühte sich ihre Freude nicht allzu deutlich zu zeigen. »Es bedeutet ›ein lieber Mensch‹. Ich finde das großartig, Rebecca.«

»Afeni hat einen schönen Klang, nicht

wahr?«, sagte Mrs. Roberts und wiederholte meinen Namen noch einmal. »Afeni.«

Ich spürte einen Kloß im Hals. Noch nie zuvor war jemand nach mir benannt worden.

»Und wenn er rauskommt und rundlich und dunkel wie sein Vater ist«, fuhr Rebecca fort, »dann soll er Daniel heißen.«

»Daniel«, sagte Mr. Roberts sanft. »Das ist ein starker, biblischer Name. Daniel.«

»Er wird kräftige Finger haben, wenn er Daniel heißt«, fügte ich hinzu.

Rebecca und Mama lachten. Danny hatte während der letzten vier Wochen andauernd angerufen und sich sicher die Finger wund gewählt. Rebecca sagte, seine Mutter würde ihn windelweich prügeln, wenn die Telefonrechnung käme.

Lange Zeit saßen wir alle schweigend da. Rebecca strahlte mich so an, dass ich beinah anfing zu heulen. Ich wünschte, meine Großmutter wäre da gewesen. Sie hätte die Roberts' gemocht. Und Rebecca hätte sie geliebt.

23

An diesem Abend kamen Marion und Bernadette zum Abendessen. Sie brachten neue Anziehsachen für Rebecca und eine Decke für das Baby mit. Die Decke war weiß mit blauen Häschen drauf. Rebecca hielt sie sich ans Gesicht und sah mich an. »Eine Decke«, sagte sie und zum ersten Mal wurde das Baby für mich wirklich.

»Es tut mir Leid, dass ich die Roberts' verpasst habe«, sagte Marion und nahm sich ein Stück Lasagne, bevor sie die Form an Bernadette weiterreichte.

»Marion, sie sind großartig! Sie ist Lehrerin!«, sagte Mama.

»Lehrerin«, sagte Marion und sah zu Rebecca hinüber. »Das wird ein kluges Kind werden.«

»Es sind coole Leute«, sagte Rebecca. »Sie haben mir nicht das Gefühl gegeben, als wär ich schlecht oder nichts wert.«

»Geben wir dir das Gefühl?«, fragte Mama.

»Überhaupt nicht! Sie sind wie ihr, finde ich.«

»Lass dir nie von jemandem das Gefühl geben, du wärst schlecht«, warnte Marion. »Und du auch nicht, Feni. Wenn einer versucht euch das einzureden, dann schickt ihn mal bei mir vorbei. Für den hab ich dann was *wirklich* Schlechtes!«

Bernadette lachte und beugte sich zu Marion

hinüber um sie auf die Lippen zu küssen. Ich beobachtete Rebeccas Gesichtsausdruck, aber er veränderte sich nicht. Unter dem Tisch trat sie mich gegen den Knöchel und ich trat zurück.

»Das mit der Bettruhe ist wirklich ein starkes Stück«, fuhr Marion fort. »Ich glaub, ich hab heute Lebensmittel für die ganze nächste Woche gekauft.«

»Das wär wirklich nicht notwendig gewesen, Marion.«

»War es doch. Wir haben Clair schließlich gesagt, wir würden uns zusammen um sie kümmern, oder?«

Mama nickte.

»Und jetzt hat sich rausgestellt, dass es einfacher ist, als irgendwer von uns erwartet hätte. Also lass mich tun, was ich tun kann.« Marions Augen sprühten hinter der dünnen Brille mit dem Drahtgestell, die sie trug.

»Wie geht's bei der Arbeit?«, fragte Mama.

»Diese Woche habe ich eine Gerichtsverhandlung, die mich total in Anspruch nimmt«, sagte Marion. »Deshalb war ich eine Weile nicht hier. Ich bin einfach fix und fertig.«

»Das sind wir alle«, sagte Mama. »Ich möchte, dass wir endlich mal zusammen den Urlaub machen, von dem wir schon seit Jahren reden.«

»Irgendwann werden wir's schon noch schaffen«, meinte Bernadette. »Dieses Jahr gebe ich Englisch in der Abschlussklasse. Die Zwölftklässler sind so eingebildet! Rebecca ist die beste Schülerin, die ich habe.«

»Erzähl ihnen von dem Test in Mathe«, sagte Rebecca aufgeregt.

»Kannst du ihnen selbst erzählen, meine Liebe.« Bernadette grinste.

»Zweiundneunzig Punkte hab ich gekriegt!«

»Ich hab vierundneunzig in meinem«, prahlte ich.

»Von deinem Test redet ja keiner«, sagte Rebecca.

»Aber wir werden gleich drüber reden, stimmt's, Mama?«

»Jedenfalls«, sagte Rebecca zu laut, »hat Bernadette gesagt, in Mathe bin ich jetzt so weit wie die Zwölftklässler.«

»Eigentlich ist sie sogar noch ein bisschen weiter«, sagte Bernadette.

»Na, was sagst du dazu?«, flüsterte Rebecca zu mir herüber.

Ich verdrehte die Augen und legte mir noch eine Portion Lasagne auf. »Streber.«

»Ihr seid mir vielleicht zwei!« Marion lachte und schüttelte den Kopf.

»Mom hat heute wieder angerufen«, fuhr Rebecca fort. »Sie hat gesagt, es tut ihr Leid, dass sie letzte Woche nicht mit dir telefonieren konnte. Wegen diesen Beruhigungstabletten, die der Arzt ihr gegeben hat, hat sie viel geschlafen.«

»Ist schon gut. Ich wollte es am Freitag noch mal versuchen.«

»Und wie geht's ihr?«, fragte Mama. »Ich hab auch versucht sie anzurufen.«

»Sie hat gesagt, meine Tante Sylvia kommt um sich ein bisschen um sie zu kümmern, bis ich wieder zurück bin.«

Zum zweiten Mal an diesem Tag versetzte mir der Gedanke an Rebeccas Abschied einen Stoß in den Magen. Unter dem Tisch schlang ich meine Knöchel um ihre.

»Mom wird bald wieder okay sein«, sagte sie.

»Mit Sicherheit«, bekräftigte Marion.

Rebecca sah Marion an und lächelte.

24

Ich kann einfach nicht glauben, dass Bernadette Marion auf diese Art geküsst hat«, sagte Rebecca, als wir in unseren Betten lagen. Es war nach Mitternacht, aber wir alberten herum und waren hellwach.

»Das machen sie immer«, sagte ich.

»Bernadette ist nett, aber ich finde sie ein bisschen zu still. Wenn sie unterrichtet, ist sie ganz anders. Es kommt mir so vor, als ob sie – als ob sie dann ganz stark wird oder so was. Die weiß ihre Sachen! Ich glaub, ich hab hier viel mehr gelernt als früher in Manhattan.«

»Sie ist eine gute Lehrerin.«

»Weißt du was, Feni? Marion und deine Mutter wären ein schönes Paar.«

»Rebecca!«

Rebecca lachte. »Na, stimmt doch.«

»Sie sind Freundinnen.«

»So fängt's an.«

»Sie sind wie Schwestern!«

»Ich weiß, Feni. Ich will dich doch bloß ein bisschen aufziehen – und du fällst glatt drauf rein!«

»Meine Mama wird wahrscheinlich nicht so bald wieder einen Freund haben.«

»Wie kommst du denn darauf?«

»Weil sie aufgehört hat zu trinken, als

Daddy wegging. Und die Leute von den Anonymen Alkoholikern meinen, man soll eine Weile nüchtern sein und erst mal das eigene Leben in den Griff kriegen, bevor man anfängt sich ein Leben mit jemand anderem aufzubauen.«

»Ich glaub, dann kann ich nie nüchtern sein.«

»Du trinkst doch gar nicht!«

»Oh. Dann kann ich wahrscheinlich doch nüchtern sein.« Rebecca kicherte. »Das hier ist so ein cooler Ort, Feni. Du hast so ein Glück.« Rebecca stand auf und kam an mein Bett. »Rutsch rüber«, sagte sie und ich machte ihr Platz. »Mir gefällt es, wie der Mond von hier aus aussieht.« Die Matratze senkte sich unter ihrem Gewicht und dem des Babys. Es war schön, Gesellschaft zu haben.

»Bevor du gekommen bist, Rebecca«, flüsterte ich, »war das Haus so still. Marion und Bernadette waren kaum hier. Es gab immer nur mich und Mama und jeder hat sich um seine eigenen Sachen gekümmert.«

»Fehlt dir die Ruhe?«

»Ich hab nichts anderes gekannt, glaub ich«, sagte ich, legte die Hände hinter den Kopf und starrte an die Decke. »Ich wollte nicht, dass du hierher kommst. Jetzt will ich nicht, dass du wieder fährst.«

»Hast du Angst, dass das Haus wieder so ruhig wird?«

»Ja.«

»Ich geb dir was, das verhindert, dass das

Haus wieder ruhig wird und dass du mich vergisst, okay?«

»Was ist es denn?«, fragte ich und stützte mich auf meine Ellbogen.

»Das hier«, sagte sie und senkte die Stimme.

Bewahr dir einen kleinen Schatz
gegen Tage voller Traurigkeit.
Ein Kuss, ein Lächeln, ein Versprechen,
etwas, das wärmt, wenn du dran denkst.
Und wenn dein Tag so düster ist,
kein Schimmer von Blau zu sehn,
dann hol deinen kleinen Schatz hervor
und träum deinen Traum noch mal.

Nachdem wir eine Weile geschwiegen hatten, sagte ich: »Das ist wirklich hübsch.«

»Du musst es dir merken. Wenn dann das Haus zu still wird, kannst du es immer wieder aufsagen. Danny hat's mir beigebracht.«

Wir wiederholten das Gedicht in der Dunkelheit so lange, bis ich es auswendig konnte. Dann drehte sich Rebecca mit dem Gesicht zum Fenster.

Ich legte wieder die Hände hinter den Kopf und sagte mir das Gedicht auf, bis ich einschlief.

25

Feni! Feeeni!«, schrie Rebecca vom obersten Treppenabsatz.

»Was?«, schrie ich zurück, nahm die Eier vom Herd und stürzte zur Treppe. »Rebecca, was ist?«

Es war Freitagmorgen und ich war in der Küche gewesen um für uns Frühstück zu machen. Die Roberts' würden bald hier sein um Rebecca zu besuchen.

Als ich ins Zimmer kam, lag Rebecca quer über dem Bett. Das Laken war voller Blut. »Sag irgendwem Bescheid«, weinte sie mit schmerzverzerrtem Gesicht.

Ich warf eine Decke über sie und rannte in die Diele. Mama war bei einer Besprechung außerhalb des Büros, aber sie hatte die Telefonnummer an der Wand in der Küche hinterlassen. Als ich die Treppe hinunterrannte, wurde mir klar, dass ich als Erstes den Notarzt rufen musste. Ich machte kehrt, rannte zurück zum obersten Treppenabsatz, wählte die Notrufnummer und sagte, wo wir wohnten und was los war. Dann stürzte ich wieder hinunter in die Küche um den Zettel von Mama zu holen.

Mama kam sofort an den Apparat.

»Mama, hier ist Feni«, sagte ich schnell. »Rebecca geht's nicht gut, Mama. Sie blutet und so und ich kann nicht –«

»Langsam, langsam«, sagte Mama ruhig und plötzlich hätte ich am liebsten losgeheult. »Hast du schon den Notarzt gerufen?«

»Ja.«

»Gut. Sie werden gleich da sein. Bleib ganz ruhig, Feni. Bist du okay?«

»Mama, ich hab Angst«, flüsterte ich.

»Oh, Feni, es wird alles gut gehen, meine Süße. Ich wünschte, ich wär bei dir.«

»Ja, das wünsch ich mir auch, Mama.«

»Ich werde Dr. Greenberg anrufen. Wir treffen uns im Krankenhaus. Hast du den Roberts' Bescheid gesagt?«

»Ich ruf sie jetzt an.«

»Ich mach das schon. Du bleibst bei Rebecca.«

»Mama . . .?«

»Es wird alles gut gehen, Feni«, sagte Mama.

Ich legte auf und rannte wieder nach oben.

Rebecca hielt die braune Puppe fest. Ihre Augen waren geschlossen.

»Du kannst die Puppe behalten, Rebecca. Lass nur nicht zu, dass dir irgendwas passiert«, sagte ich und strich ihr die Locken aus dem Gesicht.

»Feni«, flüsterte sie und ich rückte näher an sie heran.

»Lass nicht zu, dass der kleinen Feni irgendwas passiert.« Sie nahm meine Hand und presste sie gegen ihren Bauch. Unter der weichen Haut war das Baby ganz ruhig.

»Afeni«, sagte ich. »Ich liebe dich, Afeni.«

»Ich liebe dich, Afeni«, wiederholte Rebecca.

Im Hintergrund hörte man die Sirenen des Notarztwagens näher kommen.

26

Afeni Roberts kam am Freitagnachmittag um halb fünf mit weicher, zerknitterter Haut, schokoladenbraunen Fingern und Rebeccas großen grauen Augen auf die Welt.

»Alles andere muss von Danny sein«, sagte Mama und presste ihr Gesicht gegen die Glasscheibe zum Kinderzimmer. Marion, die Roberts' und ich standen um sie herum und beäugten die kleine Afeni. Lang und dünn lag sie da und zappelte in ihrer Windel herum. Die beiden Babys neben ihr schliefen, aber sie war hellwach.

Ich betrachtete sie schweigend. Sie war der Grund, weshalb Rebecca hier war, und sie war der Grund, weshalb Rebecca bald wieder gehen würde. Trotzdem hatte ich immer noch nicht recht begriffen, dass Afeni jetzt wirklich da war.

Mrs. Roberts schniefte. »Danke, Jesus«, flüsterte sie und griff nach Mr. Roberts' Hand. Er nickte langsam und sagte nichts.

»Das Kind wird was ganz Besonderes werden, stimmt's?«, sagte Marion stolz und gurrte durch das Fenster. »Seht euch diese Augen an. Seht nur, wie konzentriert sie schon alles anschaut.«

Ich fühlte mich plötzlich allein, weit weg von allen.

»Ich kann gar nicht glauben, dass das Schlimmste vorbei ist«, sagte Mama.

Aber ich wollte nicht, dass es vorbei war, ich wollte nicht, dass Rebecca jemals wieder nach Hause fuhr. Ich sah wieder durch die Glasscheibe und Afeni blickte zu mir her. Wir starrten einander an ohne zu blinzeln, bis sie mit dem Fuß in die Luft trat, gähnte und einschlief.

Als die Schwester ins Kinderzimmer kam, sagte Mama: »Warum gehst du nicht nach oben zu Rebecca, Feni?«, und sie umarmte mich schnell und unerwartet.

»Wollt ihr denn nicht mitkommen?«, fragte ich.

Die Erwachsenen sahen sich an.

»Wir warten, bis ihr zwei miteinander geredet habt. Wir haben Zeit«, sagte Mr. Roberts und setzte sich hin.

»Wir haben viel Zeit«, zwinkerte Marion und setzte sich neben ihn. »Genau wie du und Rebecca.«

27

Ist sie nicht was ganz Besonderes?«, fragte Rebecca heiser. Ich nickte und wusste nicht, was ich sagen sollte. Ganz plötzlich fühlte ich mich wie eine Fremde, wie ein kleines Kind. Ich wusste gar nichts über Sex oder Kinderkriegen.

»Das war vielleicht hart, Feni. Ich glaub nicht, dass ich das noch mal mitmache.«

»Hat es sehr wehgetan?«

»Hast du mich nicht schreien hören? Ich dachte, ich hätte die Toten geweckt!«

»Nein. Ich hab nichts gehört. Ich musste im Wartezimmer bleiben.«

Rebecca drehte sich zu mir um und ich starrte auf die Stelle, wo vorher ihr Bauch gewesen war. Jetzt war sie da beinah flach.

»Was ist los?«, fragte sie.

Ich zuckte unsicher mit den Schultern.

»Ich weiß, was es ist. Du vermisst mich jetzt schon, stimmt's?«

Ich nickte und sah sie an. Unter den steifen weißen Laken sah sie älter aus. Sie wirkte ziemlich schwach.

»Komm schon, Feni. Sobald ich mich ein bisschen ausgeruht hab, hauen wir so richtig auf den Putz. Ich werd neben dir im Unterricht sitzen und diese Roper-Kids wegpusten. Ich werd sagen, dass ich 'ne Neue bin.«

»Wirklich?«

»Dann will ich zu *Jake und Joe* mitgehen und den Laden mal ein bisschen aufmischen.«

»*Jack und Jill*, Rebecca.« Ich lachte. »*Jack und Jill!*«

»Und vielleicht können wir noch mal zu diesen Baracken gehen und das Mädchen besuchen? Erinnerst du dich an sie?«

»Natürlich tu ich das!«

»Siehst du, nichts hat sich geändert, Feni. Ich kann mich jetzt nur viel schneller bewegen.«

Ich fühlte mich besser. Es *hatte* sich nichts zwischen uns geändert.

»Danny hat heut Morgen zweimal angerufen«, sagte Rebecca.

»Hm. Er hat gestern Abend bei uns angerufen und mich nach deiner Nummer hier gefragt. Er hat wirklich ’ne nette Stimme.«

»Und ein nettes Drumherum, das auch noch dazugehört.«

»Du bist so frech.« Ich lachte.

Rebecca lehnte sich zurück gegen die Kissen. Sie trug das blauweiß gestreifte Nachthemd, das Marion ihr gekauft hatte. Ihre Wangen wirkten jetzt dünner und die Grübchen sahen aus wie kleine Halbmonde. Ein Stapel Zeitschriften lag auf dem Tisch neben ihrem Bett. Daneben stand eine Schachtel mit Papiertüchern und ein Krug mit Wasser. Der Fernseher am Fußende des Bettes lief; blaue Schlümpfe rannten über den Bildschirm.

»Das wirst du also den ganzen Tag hier machen?«, fragte ich, hob eine Zeitschrift hoch und ließ sie wieder fallen.

»Meistens. Ich nehme an, hauptsächlich werd ich Afeni füttern und mit ihr reden.«

»Willst du sie stillen?«

»Ja, für eine kurze Zeit schon. Alle finden, dass es okay ist. Dann kann ich vielleicht diese Dinger hier wieder auf ihre normale Größe kriegen«, sagte sie und hielt ihre Brüste in den Händen.

»Es ist überhaupt nicht schlimm, Afeni anzusehen, Rebecca.«

»›Es ist nicht schlimm, sie anzusehen!‹ Was soll das heißen? Sie ist das schönste Baby im ganzen Kinderzimmer!«

»Okay«, zog ich sie auf. »Vielleicht ist sie ja ganz niedlich.«

Rebecca verzog den Mund. »Mann, du schaffst dir besser mal 'n Paar neue Augen an. Hast du die süße Nase nicht gesehen und die Ohren?« Sie lachte. »Die hat sie von ihrem Vater.«

»Aber sie hat deine Augen.«

»Die Farbe bleibt vielleicht nicht so. Babys verändern sich einfach so. Manchmal kommen sie mit heller Haut raus, und dann, zwei Tage später, zack, sind sie dunkel und süß wie eine Brombeere.«

»Wirklich?«

»Klar«, sagte Rebecca. »Manchmal haben sie einen Tag lang graue oder blaue Augen und dann, eh du dich's versiehst, sind sie plötzlich braunäugige kleine Mädchen!«

»Na, wir müssen's wohl abwarten. Du bleibst doch noch eine Weile, oder?«, fragte ich hoffnungsvoll.

»Ich weiß nicht, wie lange ich noch hier bleibe. Vielleicht bis zum Ende des Monats. Dann muss ich nach Hause. Meine Familie fehlt mir so. Gestern haben mich Bobo und Shaunney angerufen. Sie wollten mir erzählen, dass sie das Zweier-Einmaleins können. Sie haben's mir immer und immer wieder aufgesagt, bis meine Mama ans Telefon gekommen ist und gefragt hat, wie's mir geht. Und dann haben sie gesagt, sie können sich's nicht leisten, noch länger zu telefonieren. Mama fehlt mir so sehr.«

»Ich wünschte, du könntest bei uns leben, Rebecca. Ich wünschte, du könntest für immer bleiben.«

»Ich komm wieder und besuch dich, weißt du. Ich find's schön in Seton. Neulich abends, als wir im Bett lagen, hab ich nachgedacht. Wir werden erwachsen werden und das tun, was wir tun müssen. Und vielleicht werden wir total verschieden sein, bloß weil wir an so unterschiedlichen Orten leben.«

»Ich will nicht, dass wir einander vergessen.«

»Bist du verrückt?«, sagte Rebecca. »Wie könnte ich so ein Gör wie dich vergessen?«

»Wie könnte ich so eine Nervensäge wie dich vergessen?«

Wir lachten lange. Dann wurden wir still und

starrten in den Fernseher, bis die Schwester mit Rebeccas Abendessen kam – Fisch.

»Weißt du noch: Fischzeug?«

»Oh, an dem Tag hab ich dich gehasst«, sagte Rebecca und wir lachten, bis sie husten musste. Ich klopfte ihr auf den Rücken und hielt ihr einen Plastikbecher mit Wasser an die Lippen. Rebecca nahm einen kleinen Schluck und sah mich dann lange an. »Danke«, sagte sie weich.

Ein paar Minuten nach dem Abendessen brachte die Schwester Afeni zum Stillen herein und ich sah zu, wie ihr winziger Mund Rebeccas Brust suchte. Ich starrte lange in ihr kleines, süßes Gesicht.

»Sie sieht aus wie ein kleiner Schlumpf, stimmt's?«, fragte ich und gab Afeni meinen Finger zum Festhalten.

»He, Schlumpf«, flüsterte Rebecca und küsste ihre Stirn.

»Schlumpf ist doch um Längen besser als Stinky, findest du nicht?«

Rebecca sah auf und grinste mich an. »Alles ist um Längen besser als Stinky!«

Ich starrte Baby Afenis winzige Finger an. In diesem Moment wusste ich, dass sie, genau wie ich, wie Mama und Rebecca und Marion und Clair und Bernadette und vor allem wie meine Großmutter, ein neues Glied in einer langen Reihe lieber Menschen war. Noch wusste keiner, ob sie hell oder dunkel sein würde, ob sie schiefe Zähne oder Grübchen haben würde oder wie ihre Haare sein würden. Niemand wusste, ob sie ihre Wurzeln in Harlem wiederfinden oder ob sie sich in Seton niederlassen würde und ob sie *Jack und Jill* und die ganzen anderen Clubs hassen würde oder nicht. Aber eines wussten wir sicher – während der härtesten, der traurigsten, der schlimmsten und während der besten Zeiten würden wir alle irgendwie da sein, ihr beistehen und ihr helfen.

Unten warteten Mama und Marion und die Roberts' darauf, dass Rebecca und ich endlich mit Reden fertig waren. Sie warteten auf den Moment, wo sie heraufkommen konnten um noch ein bisschen zu gurren und zu girren und sich an andere Babys in ihrem Leben zu erinnern. Sie warteten, dass Rebecca und ich uns voneinander verabschiedeten ohne zu wissen, ob sich unsere Wege jemals wieder kreuzen würden. Sie warteten auf die Zeit, da sie sich in ihren Schaukelstühlen zurücklehnen und sich an dies alles erinnern und es ihren Enkelkindern erzählen konnten.

Aber vor allem warteten sie darauf, dass wir erwachsen würden, und sie fragten sich, ob wir wohl Marions, Catherines oder Clairs werden würden.

»Was stehst du da rum mit offenem Mund, Feni? Geh runter und hol die ganze Bande!«